中華古籍保護計劃

ZHONG HUA GU JI BAO HU JI HUA CHENG GUO

·成果·

（晉）陸雲 撰

宋本陸士龍文集

國家圖書館出版社

圖書在版編目(CIP)數據

宋本陸士龍文集 / (晉)陸雲撰.-- 北京:國家圖書館出版社,2018.6

(國學基本典籍叢刊)

ISBN 978-7-5013-6388-9

Ⅰ.①宋… Ⅱ.①陸… Ⅲ.①中國文學—古典文學—作品綜合集—西晉 Ⅳ.①I213.712

中國版本圖書館 CIP 數據核字(2018)第 060469 號

書　　名 宋本陸士龍文集
著　　者 (晉)陸雲 撰
責任編輯 南江濤
封面設計 徐新狀

出　　版 國家圖書館出版社(100034 北京市西城區文津街 7 號)
(原書目文獻出版社 北京圖書館出版社)
發　　行 010-66114536 66126153 66151313 66175620
66121706(傳真) 66126156(門市部)
E-mail nlcpress@nlc.cn(郵購)
Website www.nlcpress.com→投稿中心
經　　銷 新華書店
印　　裝 北京市通州興龍印刷廠
版　　次 2018 年 6 月第 1 版 2018 年 6 月第 1 次印刷

開　　本 880×1230(毫米) 1/32
印　　張 7

書　　號 ISBN 978-7-5013-6388-9
定　　價 20.00 圓

《國學基本典籍叢刊》編委會

#《國學基本典籍叢刊》前言

國家圖書館出版社（原書目文獻出版社 北京圖書館出版社）成立三十多年來，出版了大量的中國傳統文化典籍。由於這些典籍的出版往往採用叢書的方式或綫裝形式，供公共圖書館和大學圖書館典藏使用，普通讀者因價格較高、部頭較大，不易購買使用。爲弘揚優秀傳統文化，滿足廣大普通讀者的需求，現將經、史、子、集各部的常用典籍，選擇善本，分輯陸續出版單行本。每書之前均加簡要説明，必要者加編目録和索引，總名《國學基本典籍叢刊》。歡迎讀者提出寶貴意見和建議，以使這項工作逐步完善。

編委會

二〇一六年四月

序　言

《陸士龍文集》收録西晉文人陸雲的詩文，集中體現他創作的思想趨向和藝術特色，其中《與兄平原書》更是研究晉代文學批評史的重要文獻。陸雲與其兄陸機並稱『二陸』，《晉書》本傳評價稱：『文藻宏麗，獨步當時；言論慷慨，冠乎終古。』史臣以『獨步』和『冠乎』相稱譽，足見兄弟二人的文學地位。

陸雲（二六二—三〇三）字士龍，三國時吴國吴郡（今屬江蘇蘇州）人，丞相陸遜之孫，大司馬陸抗之子。吴亡與其兄陸機赴北入洛，西晉時任清河内史，世稱『陸清河』。與陸機並在『八王之亂』中遇害。《晉書》卷五十四有傳，稱：『所著文章三百四十九篇，又撰《新書》十篇，並行於世。』

根據《與兄平原書》的記載，陸雲生前可能即已着手編訂其文集，云：『欲作文章六七紙，卷十分，可令皆如今所作輩，爲復差徒爾。文章誠不用多，苟卷必佳，便謂此爲足。今見已向四卷，比五十可得成。』惜未能流傳下來。《隋書·經籍志》小注稱陸雲集『梁十卷、録一卷』，此即南朝梁阮孝緒《七録》著録本，是最爲接近陸集原貌的本子。《隋志》著録爲十二卷本，疑『十二』乃『十一』之訛，實即《七録》本。至兩《唐志》均爲十卷本。北宋《崇文總目》則著録爲八卷殘本，至南宋初《郡齋讀書志》復爲十卷本。推斷此本乃以北宋八卷殘本爲基礎，據總集、類書等又補輯陸雲詩文而成。

現存《陸士龍文集》的最早版本，即此國家圖書館藏宋慶元六年（一二〇〇）華亭縣學刻本。版本的依據，是明正德十四年（一五一九）陸元大刻本《晉二俊文集》保留的徐民瞻序，云：『每以未見其全集爲恨，聞之鄉老曰：士衡有集十卷，以《文賦》爲首。《士龍集》六卷，以《逸民賦》爲首……因訪其遺文於鄉曲，得《士衡集》十卷於新淮西撫幹林君，其首篇冠以《文賦》，《士龍集》六卷則無之。明年移書故人秘書郎鍾君（據《南宋館閣續録》名鍾震），得之於册府，首篇《逸民賦》，悉如所聞。亟繕寫，命工鋟之木以行，目曰《晉二俊文集》……又明年書成，謹述於篇首。』此宋本《陸士龍文集》即南宋慶元六年徐民瞻所刻者。一説二陸爲華亭（今屬上海松江）人，故於華亭縣學刻二陸集寓有崇祀鄉里先賢之意。據徐序，知宋版《陸雲集》的底本屬南宋『册府』即秘閣藏本（疑與晁公武著録者屬相同版本），備顯其版本及文獻價值之可貴。

陸元大本還保留有宋本的校勘人等銜名，卷一末題『《二俊文集》以慶元六年二月既望書成，縣學職事校正監刊者三員，題名於後：　縣學司訓進士朱奎監刊，縣學直學進士孫垓校正，縣學學長鄉進士范公袞同校』。又國家圖書館藏清影宋抄本《晉二俊文集》（即影鈔徐民瞻刻《晉二俊文集》），尚題有『二俊文集一部共四册，印書紙共一百八十六張，書皮表背並副葉共大小紙二十張，工墨錢一百八十六文，賃版錢一百八十六文，裝背工糊錢，右具如前，二月□日印匠諸□□□成等具』，是研究宋代雕版印書工本費用情况的重要資料。據此還可推知宋刻陸雲集原裝訂爲兩册，明代項元汴重裝爲五册。書中有項氏親筆題識，即稱『宋板晉陸雲文集五册』『明萬曆二年秋八日重裝於天籟閣中』，遂保留此册帙之貌至今。

書中鈐『玉蘭堂』『辛夷館印』『梅溪精舍』『翠竹齋』『五峰樵客』『項元汴印』『子京珍秘』『子孫永保』『檇李項氏世家寶玩』『項墨林父秘笈之印』『項墨林鑒賞章』『平生真賞』『天籟閣』『振宜之印』『季振宜字詵兮號滄葦』『乾學』『徐健庵』『聽雨樓查氏有圻珍賞圖書』『朱印學勤』『修伯讀過』『結一廬藏書印』『仁龢朱澂』『子清』『徐乃昌讀』諸印（書中另鈐『趙氏子昂』『唐伯虎』兩印，張元濟《寶禮堂宋本書録》稱屬僞印），可知是書爲明文徵明舊藏，後歸項元汴。入清經季振宜、徐乾學、查有圻、朱學勤等遞藏，徐乃昌曾經眼。民國間歸潘宗周寶禮堂，後由潘世兹捐獻北京圖書館(今國家圖書館)。可謂迭經名家寶藏,流傳有緒。清黄丕烈曾慨歎:『六朝人集,存者寥寥,苟非善本雖有如無。』此爲存世陸雲集宋刻孤本,極爲難得!

劉　明

二〇一八年三月

目録

卷一　賦箴

逸民賦並序 …… 一
逸民箴 …… 五
歲暮賦 …… 七
愁霖賦 …… 一一
喜霽賦 …… 一三
登臺賦 …… 一六
南征賦並序 …… 一八
寒蟬賦並序 …… 二三

卷二　詩

四言失題前八章後六章 …… 二八
征東大將軍京陵王公會射堂皇太子見命作此詩 …… 三一
大將軍宴會被命作此詩 …… 三二
太尉王公以九錫命大將軍讓公將還京邑祖餞贈此詩 …… 三四
大安二年夏四月大將軍出祖王羊二公於城南堂皇被命作此詩 …… 三五
贈顧驃騎後二首 …… 三六
從事中郎張彥明爲中護軍並序 …… 四一
贈汲郡太守 …… 四三

卷三　詩

兄平原贈 …… 四六
贈鄭曼季往返八首 …… 五四

贈顧尚書……六六
贈顧彦先……六八
答顧秀才……六九
答大將軍祭酒顧令文……七一
答吴王上將軍顧處微……七二
贈鄱陽府君張仲膺……七三
孫顯世贈並答……七五
失題二首……七九
卷四　詩
答兄平原二首……八一
爲顧彦先贈婦四首……八二
答張士然一首……八三
芙蕖……八四
嘯……八四
卷五　誄
吴故丞相陸公誄……八五
晉故散騎常侍陸府君誄……九一
晉故豫章内史夏府君誄……九七
卷六　頌　贊　嘲
登遐頌……一〇三
盛德頌……一〇八
祖考頌……一一四
張二侯頌……一一八
榮啓期贊……一二一
嘲褚常侍……一二三
牛責季友……一二五
卷七　騷
九愍……一二七
修身……一二八
涉江……一三〇

悲郢……一三一
行吟……一三二
紆思……一三四
考志……一三五
感逝……一三六
征……一三八
卷八　書
與平原書……一四一
卷九　啓
國起西園第表啓……一六九
西國第既成有司啓……一七三
王即位未見賓客群臣又未講啓
宜饗宴通客及引師友文學觀
書問道……一七六
與駕比出啓宜當入朝
言事者啓使部曲將司馬給使
覆校諸官財用出入啓宜信
君子而遠小人……一七九
國人兵多不法啓宜峻其防以
整之……一八一
卷十　書集
與朱光禄書……一八五
與張光禄書三首……一八六
與嚴宛陵書……一八七
嚴宛陵答……一八七
與代季甫書七首……一八七
與楊彦明書七首……一九一
與陸典書書七首……一九四
車茂安書……一九九
答車茂安書……二〇〇
車茂安又答書……二〇三

吊陳求長安書五首……二〇三
吊陳伯華書二首……二〇五
移書太常府薦張瞻……二〇六

據國家圖書館藏宋慶元六年（一二〇〇）華亭縣學刻《晉二俊文集》本影印原書版框二十三點一厘米寬十六點六厘米

陸士龍文集卷第一

晋清河内史陸　雲　士龍

賦　箴

逸民賦　逸民箴
歲暮賦　愁霖賦
喜霽賦　登臺賦
南征賦　寒蟬賦

逸民賦并序

富與貴人之所欲也而古之逸民或輕天下細萬物而欲專一丘之懽擅一壑之美豈不以身聖於宇宙而恬貴於紛華者哉故天地不易其樂萬物不干其

心然後可以妙有生之極享無疆之休也乃爲賦云
世有逸民兮栖遲乎於一丘委天刑之外心兮淡浩
然其何求陋此世之險隘兮又安足以盤遊杖短策
而遂往兮乃枕石而漱流載營抱魄懷元執一徽物
思寧妙世自逸靜芬響於永言滅絶景於無質相荒
土而卜居度山河而考室曾丘翳蒼穹谷重深叢木
振穎葛藟垂蔭潛魚涑沚嚶鳥來吟仍疏圃於芝薄
兮即蘭堂於芳林靡炎飈以赴節兮揮天籟而與音
假樂器於神造兮詠幽人於鳴琴挹迴源於別沼兮
飡秋菊於高岑嘗玉泉以濯髮兮臨濬谷而投簪寂
然尸居儼焉山立遵渚龍見在林鳳戢遁綿野以宅

心望空巖而凱入明發悟歌有懷在昔賓濮水之清淵兮儀磻溪之一壑毒萬物之諠譁兮聊漁釣於此澤爾乃薄言容與式宴盤桓朝挹芳露夕玩幽蘭眇區外而放志兮眷天路而怡顏望靈嶽之清景兮想佳人於雲端悲滄浪之濁波兮詠芳池之清瀾鄙終南之辱節兮韙伯陽之考槃眄清霄以寄傲兮泝凌風而頹歎玄微載晏何思何欲漂若行雲之浮泊若窮林之木咨有得之必喪兮蓋居寵之名辱彼貪夫之死權兮固遺生以要祿竦戰兢而履冰兮祇肅懷以臨谷亮據鼎之無慄兮在顛沛其必渥是故夫形瑰者衒容體壯者為犧雖明文而龍藻兮終俛首而

受靄立脩名於禍始兮登全生於夷階資朝華之促
節兮抱千載之長懷擠考終於遠期兮顯靈根而自
摧殉有喪之假樂方無身其孰哀羨達人之玄覽兮
邈藏器於無爲物有自遺道無不可萬殊有同齊物
無寡並家於國等朝于野榮在此而貴身兮神居形
而忘我欽妙古之達言兮信懷莊而恍貫憎既明於
天爵兮何惙於人禍陋國風之皇恤同明哲於大雅
亂曰乘白駒兮皎皎遊穹谷兮藹藹尋峻路兮崢嶸
臨芳水兮悠裔商槃丘園兮暇豫翳翠葉兮重蓋瞻洪
崖兮清輝紛容與兮雲際欲凌霄兮從之恨穹天兮
未泰詠歡友兮清唱和爾音兮此世

逸民箴

余昔爲逸民賦大將軍掾何道彥大府之俊才也作反逸民賦盛稱官人之美寵祿之華靡偉名位之大寶斐然其可觀也夫名者實之賓位者物之寄窮高有必顛之危溢蓋有大惡之尤可不慎哉故爲逸民箴以戒反正焉

浩浩太素制爲兩儀經始君臣朝有俊弼野有逸民各有攸屆而後品物有倫在昔后帝齊物達觀賞不假爵教不示勸號謚莫設而生黎淳晏降迄中古黃象可觀而唐文有煥乃彫乃藻大樸既散樸之既散萬百熙心形爲寵放神爲利淫有貌者車命彼在林

是故懷玉喪寶而被褐解襟恬亡智生與世式競匪
智無鑒匪心伊鏡芒芒禹迹鞠為塗逕惟是每懷徧
彼反正正反於寵既尸干禄相協厥居而豐其屋禄
之既尸刑為爾司屋之既豐喪家于宮故非據之災
戒之在凶人皆知存之為存而莫知得之為喪榮猶
振穎墜若頹荒咎自專寵福在循牆是故保其安者
常危而忘其存者不亡無休爾榮身寔親名無謂爾
崇神期好冲戒彼覆餗冒此棟隆慎微如顯乃保身
以終自古在昔逸民有作相彼宇宙方之委舄夫豈
無不休而好是冲漠是故名利之災至人攸悋謂予
未信無寧監于桑霍天明既畏神道無親善在求己

慶由積仁無念爾本聿修厥淳執盈如虛乃反天眞
逸民司正敢告官人

歲暮賦并序

余祗役京邑載離永久永寧二年春忝寵北郡其夏又轉大將軍右司馬於鄴都自去故鄉荏苒六年惟姑與姊仍見背弃銜痛萬里哀思傷毒而日月逝速歲聿云暮感萬物之既改瞻天地而傷懷乃作賦以言情焉

夫何乾行之變通兮昏明迭而載路羲淩飛轡之遠御兮騰六龍於天步時赴節而漸流兮氣移數而改度揮促節於短日兮振脩策於長夜運攸忽其既周兮

歲冉冉而告暮變棘心之柔風兮滋豐草之湛露玄
暉邈以峻服兮黄裳皓而振素於是顓頊御時玄冥
統官天廟既底日月貞觀淪重陽於潛户兮嚴徵積
陰於司寒日回天以減景兮颷衝淵而無瀾堅冰涸
於川底兮白雪隕於雲端普區宇之猝景兮頻萬物
之哀顔時稟戾其可悲兮氣蕭索而傷心凄風愴其
鳴條兮落葉飄而灑林獸藏丘而絶迹兮鳥攀木而
栖音山振枯於曾嶺兮民懷慘於重襟寒與暑其代
謝兮年冉冉其將老豐顔曄而朝兮玄髮粲其久皓
感芳華之志學兮悲時暮而難考遠圖逝而辭懷兮
窃思集而盈抱羨厚德之溥載兮嘉豐化之大造恨

盛來之苦晏兮悲衰至之常蚤指晞露而怵心兮衍
死生於靡草蒙時來之嘉運兮遊上京而凱入委乘
輅於紫宮兮剖金虎而底邑憑台光之發疆兮荷寵
靈而來集望故疇之迴遼兮泝南風而頽泣長歎息
而永懷兮感逝物而傷悲哀年歲之攸往兮伊行人
之思歸結隆思於朝日兮綴永念於紀暉表寸陰而
貞吝兮眄盈尺其若遺嗟我行之久永兮何歸途之
茫茫慭遵渚於川眄攸逝兮江湘勴孝敬於神丘兮
結祇慕於帷桑瞻山川而物存兮思六親而人亡閒
仁姑而背世兮及伯姊而淪喪尋餘蹤於空宇兮想
絕景於遺堂悲山林之杳藹兮痛華構之丘荒靖深

情以遐慕兮思纏綿而懷楚涕垂顏以交頹兮哀凌
心而洞駭神尋路而窘逝兮形頻蹙乎其所心悠悠
其若懸兮音既絶而復舉悲人生之有終兮何天造
而罔極仰悲谷之方中兮顧懸車而日昃百年迅於
分噓兮千歲疾於一息詠大椿之萬祀兮同蟪蛄於
未識歲難停而易逝兮情艱多而泰寡年有來而弃
予兮時無筭而非我祗生心於日順兮雖乎翕其難
假攝儵生於逆旅兮欲淹留其焉可彼鑒寐之有時
兮亦始卒之固然舒遠懷於千載兮悵同感乎中山
鑒通人之烱戒兮懼晏平之達言啓貞心以自買兮
覽遺籍而問道亮爽鳩之既徂兮故營丘之有紹在

吾儕之陋心兮豈取樂於東表苟長生而自得兮將奚待而有天考大德於天地兮知斯言之蓋矯

愁霖賦

永寧三年夏六月鄴都大霖旬有奇日稼穡沉湮生民愁瘁時文雅之士煥然並作同僚見命乃作賦曰

在朱明之季月兮反極陽於重陰與介立之膚寸兮墜崩雲而洪沉谷風扇而攸遂兮苦雨播而成淫天決溝以懷慘兮民嚬慼而愁霖於是天地發揮陰陽交烈萬物混而同波兮玄黃浩其無質雷憑虛以振庭兮電凌牖而輝室霤鼎沸以駿奔兮潦風驅而競疾豈南山之暴瀵兮將冥海之暫溢隱隱塡塡若降

自天高岸渙其無崖兮平原蕩而爲淵遵渚回於凌河兮黍稷仆於中田匱多稼於億庾兮虛夙敬於祈年外薄郊甸内荒都城陰無晞景霤無輟聲纖波靡於前途兮徽律隔於峻庭紛雲擾而霧塞兮漫天頹而地盈於是愁音比屋歎發屢省陽堂乏暉朗室無景望曾雲之萬仞兮想白日之寸眙感虛無而思深兮對寂漠而言靖毒甚雨之未晞兮悲夏日之方永瞻大辰以頹息兮仰天衢而引領愁情沉疾明發哀吟永言有懷感物傷心結南枝之舊思兮詠莊舄之遺音羨弁彼之歸飛兮寄予思乎江陰眇天末以流目兮淼濘溪而沾襟何人生之倏忽痛存亡之無期

方千歲於天壤兮吾固已陋夫靈龜矧百年之促節兮又莫登乎期頤哀戚容之易感兮悲懽顏之難怡考傷懷於衆苦兮愁豈霖之足悲雲曇曇而疊結之兮雨淫淫而未散睎朱陽於崇朝兮悲此日之曇晏劾豐隆於岳陽兮執赤松於神館命雲師以藏用兮繼乘龍於河漢照濛汜之清暉兮炳扶桑之始旦考幽明於人神兮妙萬物以達觀

喜霽賦

余既作愁霖賦雨亦霽昔魏之文士又作喜霽賦聊厠作者之末而作是賦焉

毒霖雨之掩時兮情懷憤而無懌肅有禱於人謀兮

反極陰于天作靖屏翳之洪隧兮戢太山之觸石淩
風絕而謐寧兮歸雲反而揮霍改望舒之離畢兮曜
六龍於紫閣楊天步之剡剡兮播靈輝之赫奕於是
朱明自皓凱風來南復火正之舊司兮黜后土於重
陰夷中源之多潦兮反高岸於嵩岑萎禾竦而振穎
兮偃木竪而成林嘉大田之未墜兮幸神祇之有歆
爾乃俯順習坎仰熾重離蔡明暢而夫地曄兮羣生
恍而萬物齊魚淩淵以增躍兮鳥[redacted]林而朝隧戢流
波於枉水兮起芳塵於沉泥朱光播於甕牖兮素景
衍乎中闈天監作照幽明畢覿普厥有懽覃及四國
翕萬情而咸喜兮雖無獲而自得災未及周和斯有

祥翼翼黍稷油油稻□望有年於自古兮睎隆周之萬箱原思悅於蓬户兮孤竹欣於首陽陰陽交泰萬物方遒炎神送暑素靈迎秋四時逝而代謝兮大火忽其西流年冉冉其易頹兮時靡靡而難留嗟沉哀之愁思兮瞻日月而增憂感年華之行暮兮思乘煙而遠遊命海若以量津兮吾欲往乎瀛洲臨儀天之大川兮陵懷山之洪波瞻增城之峻極兮仰蓬萊之峩峩望王母於弱水兮詠白雲之清歌雖嘉命之未錫兮將輕舉於流沙振仙車之鳴鸞兮吐玉衡之八和託芝蓋之後乘兮飡瓊林之朝華脩無窮以容與兮豈萬載之足多

登臺賦

永寧中參大府之佐於鄴都以時事巡行鄴宫三臺登高有感因以言崇替廼作賦云

承后皇之嘉惠兮翼聖宰之威靈肅言而述業兮乃啓行乎北京巡華室以周流兮登崇臺而上征攀凌坻而遂隮兮迄雲閣而少寧爾乃佇眄瑶軒滿目綺寮中原方華綠葉振翹嘉生民之亹亹兮望天晷之苕苕歷玉階而容與兮[illegible]蘭堂以逍遥覽紫庭之芳塵兮駭洞房之迴飈頹響逝而迕物兮傾冠舉而凌霄曲房縈而窈眇兮長廊邈而蕭條於是迴路季夷遂宇玄芒深堂百室曾臺千房闢南牕而覽暑兮啓

朔牖而履霜遊陽堂而冬溫兮步陰房而夏涼萬禽
委蛇於潛室兮鸞鳳矯翼而來翔紛譎譎於有象兮
邈攸忽而無方于時南征司火朱明欝遂縣車弌徐
曜靈西墜晷著乘陰而增炎兮景望淵而曖昧玩瓊宇
而情廞兮覽八方而思銳陋雨館之常規兮鄙鳴鵠
之蔽第卯凌眄於天庭兮俛旁觀乎萬類北溟浩以
揚波兮青林煥其興蔚扶桑細於毫末兮崑崙卑乎
覆簣於是忽焉俛仰面天地既必宇宙同區萬物爲
一原千變之常鈞兮齊億載於今日彼區中之側陋
兮非吾黨之一室本達觀於無形兮今何求而有質
於是聊樂近遊薄言懷佯朝登金虎夕步文昌綺疏

列於東序朱戶立乎西廂經𦆮韡以披藻兮椒塗馥
而遺芳感舊物之咸存兮悲昔人之云亡憑虛檻而
遠想兮審歷命於斯堂於是精疲遊倦白日藏輝郤
春登之有情兮惡荆臺之忘歸聊弭節而駕言兮悵
將逝而徘徊感崇替之靡常兮寤廢興而永懷隆期
啓而雲升逝運靡其如頹長發惟祥天鑒在晉肅有
命而龍飛兮躡重斯而肇建嘉有魏之欽若兮鑒靈
符而告禪清文昌之離宮兮虛紫微而爲獻委普天
之光宅兮質率土之黎彦欽哉皇之承天兮集北顧
於乃眷誕洪祚之遠期兮則斯年於有萬

南征賦 并序

太安二年秋八月豺臣羊玄之皇甫商敢行稱亂
逼乘輿天子蒙塵于外自秋徂冬大將軍敷命群后
同恤社稷乃身統三軍以謀國難自義聲所及四海
之内朔漠之表蒸徒羸糧而請奮胡馬擬蹇而思征
四方之會衆以百萬軍旅之盛威靈之著自古已來
未之有也粤十月軍次于朝歌講武洽戎以觀兵于
殷墟於是美義征之舉壯師徒之盛乃作南征賦以
揚匡霸之勲云爾

有皇晉之覇后資濬哲之叡聖崇文德於緝熙濟武
功而保定應天鑒之昭華荷帝祐之休命步玉衢以
觀八方在旋璣而齊七政芒芒神道化洽崇深卬矣

天飛俯洞淵沉振南箕以皷物冒慶雲而崇蔭[redacted]天維以寵世廓宇宙而宅心濟愽施之厚德鏗希聲之大音淵澤回而泣汪豪彥萃而爲林九服惟清諸夏謐靜肅愼回首沙漠引領天和特降地靈夙挺結芳林之奇幹[redacted]珎禾之神穎勵修德於億兆端澄形於萬景在中葉之不競遭皇家之毒亂悲國步之未夷仰夙興而昧旦括無方而大誥集率土而貞觀致天屬於王畿肅有征而省難爾乃建黄鉞之靈威樹戎輅之高蓋伐隱天之雷皷振凌霄之電旆介夫揮戈而夙興輕武摠千而啓萬振靈韶之嘈嘈飛旟旐之藹藹虹旓沂風以委蛇霓旌蒙光而容裔公徒十萬

其會雲興悠悠華戎時罔不承爾乃命屏翳以夕降
式飛廉以朝升塗蒙雨而復清景帶天而光澄陪武
臣於彫軒列名僚於後乘猛將起而虎嘯商飈肅其
來應士憑威而轡駭馬歔天而景凌臨川屯於廣陸
武騎被乎中陵類禡比京師徒經始桓桓先征在河
之涘順彼長道懸旌千里羨王師之遵時哉七德而
發止爾乃秘駕殷墟我徒旣閑順時講武薄狩于原
紛同方而類聚煥副翼而朋分袛明刑以誓衆習軍
政於舊聞儼山立以崇薈鬱煙駭而興紛若冥海之
引回流岱靈之吐行雲于時玄冬首時陰風戎煞山
澤含哀天地肅乂閑夜洌以澄清中原曠而曖昧戎

士肅而咸戒三軍紛而雜遝長角哀叫以命旅金鼓
隱訇而啓代景凌冥而四播音乘雲而上逝火烈具
舉伐鼓淵淵朱光俛而丹野炎暉卬而絳天曜靈翕
赫以增熾慣氣怫怳而凌煙狂飈起而妄駭行雲藹
而千眠旌旆翩其猗靡驚熛因而嬗娟爾乃洪音雷
潰　問兗廣凌雲發揮萬里振響聲馮虛而天回烈
駭而地蕩映皓月而望舒闇照重昏而大夜朗服縣
炎揚而晃儵飛烽戢煜而泱漭乃有熊羆之旅虓闞
之將雄聲泉踊逸氣風亮超　三軍以奔厲賈餘勇而
成壯兆洪音於寂漠先無形而高唱紛若屯雲煥若
積波遁　陰景靜言勿譁絕倡寂其旣收萬夫翕而

咸和嚴鼓隱而重戒景燧曄而星羅烈蒙陰而卬偃
曜憑陽而登遐若扶桑之振華葉皓天之散朝霞超
燭龍之絕景豈此象於百華

寒蟬賦 并序

昔人稱雞有五德而作者賦焉至於寒蟬才齊其美
獨未之思而莫斯述夫頭上有緌則其文也含氣飲
露則其清也黍稷不食則其廉也處不巢居則其儉
也應候守節則其信也加冠冕取其容君子則其操
可以事君可以立身豈非至德之蟲哉且攀木寒鳴
貧才所歎余昔僑處切有感焉興賦云爾

伊寒蟬之感運近嘉時以遊征含二儀之和氣稟乾

元之清靈體貞精之淑質吐呼噬之哀聲希慶雲以優遊適太陰以自寧於是靈岳幽峻長林參差爰蟬集止輕羽泚池清澈微激德音孔嘉承南風以軒景附高松之二華黍稷惟馨而匪亶竦身希陽乎靈和唉乎其音翩乎其翔容麗蜩螗聲美宮商飂如飛焱之遭驚風眇如輕雲之麗太陽華靈鳳之羽儀渚皇都乎上京跨天路於萬里豈蒼蠅之尋常爾乃振脩緌以表首舒經翅以迅朝華之墜露含烟熅以夕滄望北林以鸞飛集樛木以龍蟠彰淵信於嚴時禀清誠乎自然翩眇微妙綿蠻其形翔林附木一枝不盈豈黃鳥之敢希唯鴻毛其猶輕憑綠葉之餘光哀秋華

之方零恩鳳居以翹竦仰跱立而哀鳴若夫歲聿云
暮上天其凉感運悲聲聞貧士含傷或歌我行永久或
詠之子無裳衰原思歎於蓬室孤竹吟於首陽一介衘子
以穢身不勤身以營巢志高於鷽鳩節妙乎鴟鷄附
枯枝以永處何瓊林之逈翛惟雨雪之霏霏哀北風
之飄颻既乃彫以金采圖我嘉容珎景曜爛暐曄華
豐奇侔黼黻豔比袞龍清和明潔聳動希蹤爾乃綴
以玄冕增成首飾纓蕤翩紛九流容翼映華虫於朱
袞表馨香乎明德於是公侯常伯乃紆紫黻執龍淵
俯鳴珮玉仰撫貂蟬袨黃廬之多士光帝皇之侍人
既騰儀像於雲閣望景曜乎通天邁休聲之五德豈

鳴雞之獨珎聊振思於翰藻闡令問以長存於是貧居之士喟爾相與而俱嘆曰寒蟬哀鳴其聲也悲四時云暮臨河徘徊感北門之憂殷歎卒歲之無衣望泰清之巍峩思希光而無階簡嘉蹤於皇心冠神景乎紫微詠清風以慷慨發哀歌以慰懷

陸士龍文集卷第一

陸士龍文集卷第二

晉清河内史陸雲士龍

詩

四言失題

征東大將軍京陵王公會射堂皇太子見命作一首

大將軍宴會被命作一首

太尉王公以九錫命大將軍讓公將還京邑祖餞贈一首

大安二年夏四月大將軍出祖王羊二公於城南堂皇被命作一首

從事中郎張彥明爲中護軍一首

贈顧驃騎後二首

贈汲郡太守

四言失題 前八章 後六章

悠悠懸象昭回太素清濁迭興升降啓度遺和既奕
季春告暮朱明來思青陽受煦 其一
日征月盈天道變通太初陶物造化爲功四月惟夏
南征觀方凱風有集飄飄南颸思樂萬物觀異知同
其二
有奄萋萋甘雨未播黍稷方華中田多稼庭槐振藻
園桃阿 薄言觀物在堂知化 其三

蓬户惟清玩物一室明發有懷念昔先哲通夢幽人
彷彿遺烈清暉在天孰與永日 其四
乃啓遺藉思予大觀幽居傲物顧景怡顔沉推解舞
衡門重關思媚古人有懷良盤沉曦含輝芳烈如蘭
其五
厥初生民有物有類自古有稱大寳以位征徒式好
俊奔攸遂啓予有聞誨爾達貴 其六
達貴伊何天爵無榮渾 大昧混其濁清毁方通象
遺頑履貞道實藏器景以昭形 其七
甚世陋世奚兢奚錯牧彼紛華委之冲漠漂志垂天矯心馮閤
通好莊聊儀形有作安得達人顧予命薄 其八

思樂芳林言采其菊衡薄遵塗中原有菽登彼脩巒
在林寤宿彷彿佳人清顏如玉　其一
予美亡此誰爲適道容與俟之玄髮方皓躑躅山阿
玩此芳草顧飡其穎庶以遺老　其二
亹亹嘉時飄忽弃予有瞻逝深永歎潛滸登顧扶桑仰
結飛晷伊人匪存遺芳孰與　其三
精氣爲物或降或升徂落攸往神奇有登死生爲徒
存亡曷勝謂予不信遺籍有徵　其四
閒居外物靜言樂幽繩樞增結甕牖綢繆和神當春
清節爲秋天地則爾户庭已悠　其五
嗟我懷人悠悠其潛念昔先烈有懷所欽駭情玩世

堂允南金瓊輝邈矣誰適爲心明發興言忼慨芳林

其六

征東大將軍京陵王公會射堂皇太子見

命作此詩

芒芒太極玄化烟熅頹形成器凌象垂文大鈞造物庶類群分先識經始實綜彝倫

其一

惟岳隆周生甫及申天監在晋祚之降神邈矣遐風茂德有隣永言配命唯晋之鎮

其二

厥鎮伊何實幹心膂文教内輔武功外禦淮方未靖帝曰攸序公于出征奄有南浦

其三

南海既賓爰戢干戈桃林釋駕天馬婆娑象齒南金

來格皇家絶音協徽宇宙告和　其四

玄綱峻極天罔既紘文武方升允茲兼弘巍巍高亘
有齋其凉公侯奕止騄驥龍驤善問如林在會鏘鏘　其五

祝融銜節火正緝熙凱風徘徊萬物欣時秩秩初筵
薄言在茲嘉福介祐萬壽無期　其六

大將軍宴會被命作此詩

皇皇帝祐誕隆駿命四祖正家天禄保定睿哲推晋
世有明聖如彼日月萬景攸正　其一

巍巍明聖道隆自天則分　明奕觀象洞玄凌風叶極
絶類貽淵肅雍往播福禄來臻　其二

在晉姧臣稱亂紫微神風潛駭有赫茲威靈旗樹斾如雷斯揮致天之届于河之沂有命再集皇輿凱歸

其三

頹綱既振品物咸秩神道見素遺華反質辰晷重光協風應律函夏無塵海外有謐

其四

芒芒宇宙天地交泰王在華堂式宴嘉會玄暉峻朗翠華崇藹冕弁振纓藻服垂帶

其五

祁祁臣僚有來雍雍薄言載考承顏下風俯覿嘉客仰瞻玉容施巳唯約于禮斯豐天錫難老如岳之崇

其六

太尉王公以九錫命大將軍讓公將還京

邑祖餞贈此詩

列文辟公時惟哲王闡繼絕期平顯幽光內實慎徽
緝熙有慼出紀方甿間督不揚高山峻極天造芒芒
其一

天子念功大典光備肅肅王命幸臣涖事穆矣淵讓
遺功遂志思我遠猷徽音孰嗣
其二

后命既靈王人反旆興言出祖飲餞于邁旍旐決決
軺軒藹藹和風弭塵清暉映蓋
其三

思樂中陵言觀其川公王戾止有車轔轔伊誰云饗
我有嘉賓羽觴舉酬雖爾征人
其四

悠悠征人四牡騑騑發軫北京振策紫微昔乃云來

春林方輝歲亦暮止之子言歸道途興戀伏載稱

其五

聖澤既渥嘉會愔愔庭旅鍾鼓堂有琴瑟飛轡清暉

扶桑移蔭覩景祗慕揮袂沾襟變被同栖悲爾異林

我有旨酒以歌以吟　其六

大安二年夏四月大將軍出祖王羊二公

於城南堂皇被命作此詩

時文惟晋天祚有祥聖宰作弼受言既臧有赫斯庸

勳格昊蒼景物台暉棟隆玉堂　其一

惟常恩膺大興光迴聖敬遠隮神道玄邈恩媚三靈

誕膺天篤嘉命既厚王人言告　其二

翼翼王人言告惟慕公輿駕言乃眷斯顧華旂飛藻
鳴鸞振路騑騑駟牡噓天載步　其三
我有高夏如雲斯會彤軒戾止薄言嘉會問誰在宴
惟俊惟乂豐俎殽薦獻酬交泰　其四
攸攸昊天南正興言宋明有曄萬葉翠繁昌雲垂天
凱風熙顏王在在此貽宴于懽　其五
懸家西頹虞淵納景嘉樂未晞　駕已整行矣征人
身乖路永飛驂顧懷華蟬引領遺思北京結戀臺省
其六

贈顧驃騎後二首

有皇美祈陽也祈陽秉文之士駿發其聲

故能明照有昊入顯乎晉國人羡之故作
是詩焉
有皇大晉時文思章規天有光矩地無疆神篤斯祜本顯克昌載生之雋實惟祈陽哲問宣猷考茂其相
其一
於鑠祈陽誕鍾天篤清輝龍見玄猷淵嘿沉機響駭幽神廣覿和以同人歸物時育有大惡盈謙以自牧思我懿範萬民來服
其二
昊未喪師天秩有庸淵哉若人弱冠休風俯翼黄門以德來忠端秀蕃后正色儲官徽音鑠穎邈矣遐蹤
其三

皇維南終舊邦匪歆委弁釋位如龍之潛考槃穹谷
假樂豐林子雖藏器鍾鼓有音惠風往敬慶問來尋

其四

濟濟元公相惟天子明明辟王思隆多士帝曰欽哉
有命集止我咨四方令問在爾以朕大賚乃膺嘉祉
聿來胥步觀國之紀

其五

惟皇建極緝熙清曜我有畯民明德來照大觀在上
主假有廟顯允顧生金聲玉振之子于升利見大人
龍輝絕跡有肅清塵

其六

清塵既彰朝虛好爵敬子侯度慎徽百辟予聞有命
德禮不易嗟我懷人瞻言永錫豐祜東注惟子之績

其七
遵涇涉泗言告同征勁風宵烈湛露朝零雲垂譪下
泉洌清冷哀我行人感物傷情從子京邑言覿厥成
天保祚德式穀以寧　　其八
思文美祁陽也祁陽能明其德刑于寡妻
以至于家邦無思不服亦賴賢妃貞女以
成其內教故作是詩焉
思文祁陽祁陽克畯天錫淳嘏宣茲義問德音既烈
海外有奮既奮斯音祇敬厥德照治其家覃及邦國永
肇儀刑俾民惟則　　其一
文王在上大姒思齊魯侯克昌亦賴令妻鑒神有顧

蘋蘩在斯祁陽載天作之伉儷　其二
在虞之胄實惟有姚穎艷玉秀華茂桃夭居顯祇明
在靈格幽清塵熠爍淑心綢繆爰及祁陽惟德之周
其三
其德伊何和貞處告師民履素言謀慮度鍾鼓思樂
靖端夙劾考休攸嬪來嫁于顧　其四
羔羊執贄玉帛有輝百兩集止之子于歸宗姻風從
娣姪雲回祁陽顧之煥其盈閨　其五
既日歸止式揚好音言觀河洲有集于林思樂葛纍
薄采其葦疾皮攸遂乃孚惠心　其六
惠心既孚有恪中饋彰此衆斯永錫嗣類載延窈窕

用和寤寐神之聽之衛祚來爾　其七

昔周之隆有姒如有內刑聖敬外崇多士令我淑人
實亮君子亹亹翼翼亦繼斯祉宜爾子孫福祿盈止

其八

從事中郎張彥明爲中護軍 并序

奚世都爲汲郡太守客將之官大將軍崇賢之德既
遠而厚下之恩又隆非此離析有感聖皇既掌引見
又宴于後園感鹿鳴之宴樂詠魚藻之凱歌而作是詩

思文有聖叡哲配天功濟生黎道合上玄休命發揮
有集惟賢哲彼寤宿澄此在淵　其一

濟濟多士實播令聞王曰欽哉余嘉乃勳徽音孔碩

惠爾風雲穆此芳烈肇揚清芬　其二

肅肅庶僚袨服寵暉肇彼桃虫假翼飜飛出撫邦家
入翔紫微有命既集願言永違　其三

思樂華堂雲構崇基公王有酒薄言饗之景曜徽芒
芳風詠時宴爾賓僚具樂于茲　其四

亹亹我王豐恩允臧我客戾止飲酒公堂自彼下僚
聿來有光悲矣永言指塗逝將形違殿閾景附華房
其五

開國承家勿用小人今我聖宰實蕃斯仁凌淵龍躍
披林鳳振正直既好嘉禮[redacted]陳振我遠德歸于時民
其六

贈汲郡太守

於穆皇晉豪彥實蕃天罔振維有聖貞觀鳴鳥在林

良駿即閑華　俊乂時亮庶官　其一

抑抑奚生天篤其淳芳穎蘭揮瓊光玉振沉機照物

妙思考神思我善問觀德古人　其二

善問伊何惠音孔韶肇允衡門翻飛宰朝肅雍芳林

芬響凌霄穆矣和風扇爾清休　其三

亦既有試出宰邦家之子于行民固謳歌風澄俗險

化靜世波芒芒既庶且樂于和　其四

我有好爵既成爾服入贊崇華遂登帷幄時文聖宰

天挺方穀朔風徽止鴻漸雲嶽　其五

悠悠斯民三代直道我求明德惟奚攸考緝熙暉章
天禄來保惠心無兢豐化有造　其六
樂只君子茂德攸綏嗟我懷人式是言歸聿言來集
如翼斯揮日予不惠貽爾清暉　其七
職思既殊亦各有司念我同僚悲爾異事之子之遠
悠悠我思雖無贈之歌以言志　其八

陸士龍文集卷第二

陸士龍文集卷第三

晉清河内史陸雲士龍

詩

兄平原贈

贈鄭曼季往返八首

贈顧尚書一首

贈顧彥先一首

荅顧秀才一首

荅大將軍祭酒顧令文一首

荅吴王上將軍顧處微一首

贈郄陽府君張仲膺一首

孫顯世贈并答　失題二首

兄平原贈 并序

余弱年夙孤與弟士龍銜卹喪庭續會逼王命墨經即戎時並縈髮悼心告别漸歷八載家邦顛覆凡厥同生彫落殆半收迹之日感物興哀而龍又先在四時迫當祖載二昆不容逍遥銜痛東徂遺情西暮故作是詩以寄其哀苦焉

於穆予宗稟精東嶽誕育祖考造我南國克靖實繇洪績惟帝念功載繁其錫惟何玄冕衮衣金石假樂旄鉞授威匪威是信稱平遠德奕世台衡扶帝紫極

其一

篤生三昆克明克俊遵塗結轍承風襲問帝曰欽哉
纂戎烈祚雙組式帶綬章載路即命荆楚對揚休顧
肇敏厥績武功聿舉烟煴芳素綢繆江澨昊天不弔
胡寧弃予　其二
嗟予人斯胡德之微闕彼遺軌則此頑違王事靡盬
旍旆屢振委籍替戈繞厥征人祁祁征人載肅載閑
騤騤戎馬有　有翰昔予翼考惟斯伊撫今予小子
緜尋末緒　其三
有命自天崇替靡常王師乘運席江卷湘雖　守
守從武臣守局下列譬彼飛塵洪波電擊與衆同泯
顛跋西夏收迹舊京俯慙堂構仰懷先靈執玄忍媿

寄之我情　其四

伊我俊弟咨爾士龍懷襲瑰瑋播殖清風非德莫懃非道莫弘垂翼東畿耀穎名邦綿綿洪統非爾孰崇依依同生恩篤情結義存並濟胡樂之悅願爾偕老携手黃髮　其五

昔我西征扼腕川湄掩涕即路揮袂長辭六龍促節逝不我待自往迄兹曠年八祀悠悠我思非爾焉在昔並垂髮今也將老銜哀茹慼契闊充飽嗟我人斯胡卹之早　其六

天步多艱性命難誓常懼隕斃孤魂殊裔存不阜物没不增壞生若朝風死由絶景視彼浮遊方之僑客

眷此黃廬壁營之懿宅匪身是丞亮會伊惜其惜伊何

言紓其思其思伊何悲彼曠載　其七

出車戒塗言告言■歸蓐食驚駕夙興宵馳濛雨之

陰焰月之輝陸陵峻坂川越洪漪爰届爰止步彼高

堂失爾羽邁良願中荒我心永懷匪悅匪康　其八

昔我斯逝兄弟孔仁今我來思或彫或瘁昔我斯逝

族有餘榮今我來思堂有哀聲我行其道鞠爲茂草

我履其房物存人亡拊膺涕泣血淚彷徨　其九

企佇朔路言■爾歸心存言宴目想容輝迫彼窀穸

載驅東路繼其桑梓肆力丘墓婉兮孌兮興懷罔極

眷言顧之使我心惻　其十

荅

伊我世族太極降精昔在上代軒震篤生厥生伊何
流祚萬齡南嶽有神乃降厥靈誕鍾祖考纘茲神明
運步玉衡仰和太清賓御四門旁穆紫庭紫庭既穆
威聲爰振厥振伊何播化殊鄰清風攸被率土歸仁
彤弧所彎萬里無塵功昭王府帝庸厥勳黃鉞授征
錫命頻繁闞如虓虎肅茲三軍光若辰跱亮彼公門
仍世上司芳流慶純雲和所産爰育二昆誕豐岐嶷
夙邁令問令問伊何休音允臧先公克構乃崇斯堂
耀穎上京發迹扶桑戎車山征時惟鷹揚鷹揚既昭勳
庸克邁天子命我鎮弼于外在作扞城以表南裔降災

匪謁景命顛沛惟我賢昆天姿秀生含奇播殊明德
惟馨眷太陽散氣乃稟厥和山川垂度爰則厥遐厥遐
伊何惟光惟大惟大伊何如岱如渭愜此廣淵廓彼
洪懿弘道惇德淵哉爲器統我先基弱冠慷慨將弘
祖業寶崇奕世咨予頑矇蕞爾弱才沉耀玄渚挹庭
雲淇陶化靡移固陋于茲瞻仰洪範實忝先基巍巍
先基重規累構赫赫重光遐風激鷺昔我先公爰造
斯猷今我六蔽匪崇克扶悠悠大道載邈載遐洋洋
淵源如海如河昔我先公斯綱斯紀今我末嗣乃傾
乃圮世業之頹自予小子仰媿靈丘銜憂沒齒憂懷
惟何覩景惟壓我嵗我高蹤眇眇賀辰明德繼體莫非

哲人今我頑鄙規範靡遵仍世載德荒之子身莫峻
匪岳有俊斯登莫高匪雲有高斯凌矧我成基匪克
階升玄黄長坂載寒載輿豈敢憚行哀此負乘芒芒
高山自予頹之濟濟德義匪予懷之終銜永負于其
媿而昔予言曠氾舟東川銜憂告辭揮淚海濱羲陽
趣駕炎華電征自我不見邈哉八齡悠思迥望寤言
通靈昔我往矣辰在東隅今我于茲日薄桑榆銜艱
遘愍困瘁怨憂哀矣我世匪常家靈休開元迄茲震輿
迭微弱風隱駭海水群飛王旅南征闡耀靈威于昆
乃播爰集朔土載離永久其毒太苦上帝休命駕言
其歸多我遘愍振蕩朔垂羈縶殊俗祕願用違嚴駕

東征肅邁林野夕秣乘馬朝整僕旅矯矯乘馬載驅
載馳漫漫長路或降或階晨風夙零朝不皇飢傾景
儵墜夕不存罷雖有豐草匪釋奔駟雖有重陰匪徨
假寐煢煢僕夫悠悠遄征經彼喬木有鳥嚶鳴微物
識儕矧伊有情樂兹棠棣實歡友生既至既覲滞思
曠年曠年殊[redacted]覲未浹辰悵其永懷憂心孔艱天地
永久命也難長生民忽霍曷云其常我之既存靡績
靡紀乾坤難並寂焉其已生若電激没若川征存愧
松栢逝慚生靈匪忝性命實悼徒生苟克折薪豈憚
冥冥瞻企皇極徼福上天冀我友生要期永年昔我
先公邦國攸興今我家道綿綿莫承昔我昆弟如鸞

如龍令我友生凋俊隊雄家哲永祖世業長終華堂
傾構廣宅積墉高門降衡脩庭樹蓬感物悲懷愴矣
其傷惇仁氾愛錫予好音睎光懷寶煥若南金披華
玩藻華若翰林詠彼清聲被之瑟琴味此殊嚮慰之
予心弘懿忘鄙命之反覆敢投桃李以報實玉冀憑
光蓋編諸末録

贈鄭曼季往返八首

谷風懷思也君子在野愛而不見故作是詩言其懷
思之也

習習谷風扇此暮春玄澤墜潤靈爽烟熅高山熾景
喬木興繁蘭波清湧芳崖增凉感物興想念我懷人

其一

習習谷風載穆其音流瑩鼓物清塵拂林霖雨嘉播有渰凄陰歸鴻逝矣玄鳥來吟嗟我懷人其居樂潛明發有想如結予心

其二

習習谷風以溫以涼玄黃交泰品物含章潛介淵躍候鳥雲翔嗟我懷人在津之梁明發有思凌彼褰裳

其三

習習谷風其集惟高嗟我懷人於焉逍遙鸞栖高岡耳想雲韶拊翼墜夕和鳴興朝我之思之言懷其休

其四

習習谷風其音孔嘉所謂伊人在谷之阿虎質山嘯

龍輝淵蟠維南有箕匪休其和有球斯畢戩爾滂沲
懿厥河漢惟彼大華明發有懷我勞如何　其五

鄭荅

鸑鷟美賢也有賢者二人雙飛東岳揚輝上京其兄
已顯登得朝而第中漸婆娑衡門然其勞謙接士吐握
待賢雖姬公之下白屋洙泗之養三千無以過也乃
肯垂顧惠我好音思樂結永好之懽云爾

鸑鷟于飛在江之湀和音反暢拊翼雙起朝遊蘭池
夕宿蘭沚清風翕習扇彼蘭蓷凌雲高厲載翔載止

其一

鸑鷟于飛載飛載吟有欝蔚浚藪實惟桂林芳條高茂

華繁垂陰爰翺爰翔爰憩其南有馥清芬協我好音

其二

鴛鴦于飛乘雲高翔有嚶其友戢翼来翔瀅淡素波容與趍倡雖曰戢止和音遠揚我有好爵與子偕嘗

其三

鴛鴦于飛徘徊翺翔載頡載頏命侶鳴羣有鬱蘭皐冽彼清源鴛言遊之聊樂我云思與佳人齊權順川

其四

鴛鴦于飛或飛或遊習習谷風扇彼清沵春草揚翹黿鼉沉浮感物興想我心長憂誰謂河廣曾不容舟企予望之搔首踟躕

其五

鴛鴦于飛載和其鳴懷爾好音寡我中情人亦有言

心得遺形投我木瓜報爾瑤瓊匪繄曰報永好千齡

其六

陸贈

鳴鶴羨君子也太平之世君子猶有退而窮居者樂

天知命無憂無欲碩人之考槃傷有德之遺世故作

是詩也

鳴鶴在陰戢其左翼肅雍和鳴在川之側假樂君子

祚爾明德思樂重虛歸于其極嗟我懷人惟馨黍稷

其一

鳴鶴在陰其鳴喈喈垂翼蘭沼濯清芳池假樂君子

其茂猗猗底之瑰寶有粲瓊瓌乃振裂裳襲爾好衣
嗟我懷人啓襟以晞　其二
嗚鸖在陰其儀藹藹謂天蓋高和音于邁假樂君子
篤膺俊乂穆風潛烈興雲戢奮德茂當年時衍嘉會
安得鬟藻改爾縞帶嗟我懷人心焉忼慷　其三
嗚鸖在陰載好其聲漸陸儀羽遵渚回逕假樂君子
祚之篤生德耀有穆如瑤如瓊安得風帆深濯鬟滅
景遺雲雨爾在北冥嗟我懷人惟用傷情　其四

鄭荅

蘭林懽至好也有君子于世濟其美英名光茂遭時暫
否禍德衡門顧我慇懃屢辱德音思與結好以永不刊

瞻彼蘭林有翹有秀有斐君子邦之碩茂厥德伊何
固天攸授如川之源如山之畐回流清淵啓襟開裕
縉紳睎風民用胥附　其一
猗猗碩人如玉如金浚其明哲尅廣德心習習凱風
吹我棘林飛鴞萃至允懷好音悠悠征徒輶德鮮任
嗟我猗人和樂實阸　其二
在昔延州鵠鳴江涯令我陸子曠世繼奇身乖千載
德音並馳漸鴻遵渚宛其羽儀安得髙風騰翮天池
其三
飛龍蜿蜒山谷升氣猛虎嘯吟清風髙厲情同來感
數乖身逝夷鮑齊懽專名故世愷悌君子民之攸塈

咨予遘時千載同愛　其四
垂龔之會匪詩不宣嗟我懷人斯恩斯勤德音來訊
有蔚其文菽菽攬兎匪迹不存誠在心德愛結忘言

陸贈

南衡美君子也言君子遯世不悶以德存身作者思
其以德來仕又願言就之宿感白駒之義而作是詩焉

南衡惟岳峻極昊蒼瞻彼江湘惟水泱泱清和有合
俊乂以藏天保定爾茂以瓊光景秀濛汜穎逸扶桑
我之懷矣休音俊揚　其一
穆穆休音有來爾雍沉波涌奥淵芳馥風傃虛養恬
照日遺蹤考槃遵渚思樂潛龍我之懷矣冥爾華宮

其二

和璧在山荆林玉潤之子于潛清輝遠振克稱輶德

作寶有晉和聲在林羽儀未變我之懷矣有客來信

其三

風雲有作應通山淵清琴啓彈宮商乗絃類族知感

有命自天夷叔希世猶謂比肩矧我與子始會斯年

其四

我之懷矣在彼北林北林何有於焕斯文瓊瑰非寶

尺牘成琛豐華非妙得意惟神河鲂登俎遺荅清川

其五

鄭荅

南山酬至德也有退仕衡門脩道以養和弃物以存
神民思其治士懷其德或思置之列位或思從之信
宿詩人嘉與此賢當年相遇又屢獲德音情懽心至
故作是詩焉

陟彼南山言采其蕭樂只君子邦家之翹克茂厥猶
輶德是收聊道以儉廣愛以周嗟我懷人永好千秋

其一

瞻彼江潭言釣其鱮有美碩人自公退處羔裘逍遙
輶德是舉白駒遯時世事孰與思我猗人賓之晉序
有客信信獨寐寤語

其二

天高地卑玄黃絪縕人道交泰自昔先民耽文合好

輔德與仁管叔罕僑曠世難鄰脩組施結玄弁生塵
咨我與子遘會當身琴瑟在御永愛纏綿　其三
瞻彼江澳言詠其潭所謂伊人在水之陰養和以泰
樂道之潛錦衣尚絅至樂是耽興言永思繫懷所欽
愛而不見獨寐寤吟　其四
詩以言志先民是經乃惠嘉訊德音惟馨欽詠繁藻
永結中情華文傷實世士所營達人神化反之混冥
交弃其數言取其誠思與哲人獨寶其貞　其五

陸贈

瞻彼高崗有猗其桐允也君子寔寶南江貟規啓俗
沉矩履方泳此明淵清瀾川通陟彼衡林味其回芳

其一

馥馥回芳絪緼中原祁祁庶類薄采其芬栖遲泌丘容與衡門聲播東氾響溢南雲

其二

穆穆閶闔南端啓籥庶明以庸帝聽式闕有鳳于潛在林栖翮非于之祚孰與好爵

其三

幽居玩物顧景自頤發憤潛惟仿佛有思于衷忘此終然胥來企予與言惟用作詩

其四

鄭答

瞻彼中陵蘭黃猗猗允矣君子樂且有儀況仁育物玄聰鏡機德充閶庭名逸南畿祁祁俊友言酌言依

其一

鼓鍾于宮百里震聲亹亹令問歸我偉貞厥震伊何
駿奔以驚敬問伊何民胥以寧有鸖在陰非子誰鳴
我有好爵非子孰盈　其二
潛龍遁初有鳳戢翬王猶未泰彝倫錯違皋門重[redacted]
[redacted]爾熔靡庶績適斆非爾焉綏翼翼京宇俟爾攸晞
民之胥望如渴如飢　其三
德音來惠覆玩三周沉潤淵洞逸藻雲浮結心所親
曷變曷渝路隔津梁一葦限殊終朝之思三秋是踰
愛而不見興言踟躕　其四
贈顧尚書
五嶽降神四瀆炳靈兩儀鈞陶參和大成兆光人倫

誕育至英於顯尚書實惟我兄行成世則才爲時生
體道既弘大德允明厥弘伊何靡曠不遵厥明伊何
靡妙不妍無索炤灼有水幽玄細微不錯豪芒以陳
積簣爲山納流成淵扶翹布華養物作春所肅以禮
所潤以仁宣質揆行曜文入采堅不可鑽清如凝水
方迹迎朖躋齊闕里晞聖而惟亦顏之子彼弃芝英
玩此蘭茝異世同芳其馥不已我蘭既馥我風載清
能芬南岳運芳比征子有其德人求其馨逝此陋巷
薰彼紫庭厥音不已鼓鍾有聲聞天之聰譬之鵠鳴
天聰既昭我實惟彰乘風之鳳眷言朝陽披雲藻繡
來此舊鄉謙光自抑厥輝愈揚麗容飃翕孔好巳張

既照平林且我華英華英巳曜餘光難延會淺別速
哀以紹欣追曠同塗暫和笑言殊音合奏曲異響連
絕我懽條繞我思因根分來在愛感往思我非形景
有處有遊載離載會且懽且憂感彼遠曠叅此延娛
樂奏聲哀言發涕流唯願我子德與福俱亦天之祐
亦我之[redacted]

贈觀彥先

玄黃挺秀誕授至真行該其高德備其新光瑩之偉
隋下同珎騰都之　龍鳳合塵　其一
皇皇明哲應期繼聲華映殊域寶鎮天庭入輔出耀
乾乾靡寧夏發涼臺我雨我暑冬違邦族風霜是處

嗟彼獨宿誰與晤語飄飄艱辛非爲孰與舉言念君子

悵惟心楚

其二

悠悠山川駪駪征遐陟升蕉嶢降涉洪波吉無不利

乘嶮而嘉人懷思慮我保其和

其三

邂逅相遇良願乃從不逢知已誰濟予躬莫攀莫附

媿我高風時過年邁晻冉桑榆晞光賴潤亦在斯須

假我夷塗頓不忘驅氾予津川桴不失浮無愛餘輝

遂暗東嵎

其四

幽幽東嵎戀彼西歸瞻儀情感聆音心悲之子于邁

夙夜京畿王事多難仲焉徘徊

其五

答顧秀才

芒芒上玄有物有則厥初造命立我蓺則爰茲族類
有覺先識斯文未喪誕育明德　其一
允矣顧生載靈之和沉根芳沼濯秀蘭波淵懿戢穎
景茂凌華惟是德心是用閑邪　其二
德心伊何行歸于周睎高仰峻企遠懷悠匪願在明
靡倦斯幽凡我同朋瞻言清休　其三
慎終于遠俾民歸厚言若有行及子攜手何以恤我
其仁孔有心之云愛隆敬其久　其四
既邁斯仁亦迪茲文藻不雕樸華不變淳有斐君子
如珪如璠仰欽德類俯懷惠詮式揚好問邦家于宣
其五

荅大將軍祭酒顧令文

惟林有鸞惟淵有螭顯允明德實邦之基先后陟恪子配于茲適彼玉堂受言遣之　其一

中原有軌世鮮克蹈先民有懷子探其妙心猶水鑒函景內照名若振炎攄光外燿　其二

相彼水鑒民胥攸臨矧曰明德人誰弗欽篤我朶頤即爾澄心義隆自古好邈在今　其三

大人有祚興雲自天之子于升亦躍于淵景曳清霄響發鳴弦義問弘集淑風載鮮　其四

企予朔都非子孰念豈無弱翰才不克贍惠音聿來瓊華玉蕊無德不報念爾惟忝　其五

荅吳王上將顧處微

邈矣大昧造化明明物以曲全人以直生類聚百族群分萬形貞淵挺隨方川吐瓊　其一

藹藹洪族天祿攸蕃神綏厥本道裕其源條有豐葉波無輟瀾烈風時播芳響世繁　其二

日繁日熙載德于茲克文克敏乃惠乃慈遵彼洪流薄言詠之好是神契聊與之期　其三

仁勇同宅文武相紛王謂御事誰撫上軍於時龍飛虎嘯江濆式遏不虞俾也無塵　其四

三代既遠直道垂音非齒焉尚非德孰欽鑽仰自古鮮曰在今匪唯形交服膺其心　其五

心以殽薦兮以道成祇服惠顧疇此深情亦有芳訊薄載其誠豈無春暉茲焉可榮　其六

大道易闡崇軌難襲孰云匪衍咎忝尤集敢謝不佞栖山自戢臨篇焉愧德輶辭輯　其七

翩彼日月逝猶駭電朝華未歇夕風已扇詩亦有悲無幾相見懷德歎心于焉東眷　其八

平津晚貢公後徵陟彼玉階黃髮來升靈弃三秀芳草秋興唯頤清神福祿是膺　其九

贈鄱陽府君張仲膺

神林何有奇華妙實皇朝如何窮文極質斌斌君子升堂入室太上有曜子誕其煇知幾曰難子達其微

入輔幃幄出御千里　滔滔江漢南國之紀

其一

謁帝東堂剖符南征天子命我車服以榮何以潤之
德被蒼生何以濟之威振群域劫愚以化崇賢以仁
鳳舒其翮龍濯其鱗憶彼荒藪莫敢不賓　雖云舊邦
其命惟新

其二

下和南金終始一色顯允君子窮達一德弘仁爲道
物究其極古賢受爵循墻虎恭今哲居貴履盈如沖
接新以化變舊以豐隆此嚶鳴惇彼谷風

其三

忠至寵加孝至榮集內崇南芬外清名邑煒煒棠棣
奐增其華猗猗桑梓厥燿孔多被繡晝行昔人攸羨

階雲飛藻孰與同粲　其四
人道伊何難合易離會如升峻別如順淇嗟我懷人
曷云其來貢言執手涕既隕之　其五

孫顯世贈

五龍戢號雲鳥纂紀淳化既離義風肅始軒冕垂容
文教乃理弈弈英族盛德豐祀　其一
於赫皇吳應天統元纂文烈公光讚懿勳九命重輝恭
德彌勤華繳襲藻金石載振　其二
淵哉陸生本顯洪胄承崇懿風邈此弘裕無兢惟德
豐光伊茂文以義好施以仁富　其三
山積惟峻道隆名遐潛景在淵龍躍承華既升爾儀

誰不允嘉有漼重深載清其波　其四

濟濟皇朝峨峨髦士序爵以賢惟俊莘止翩翩三宮令問不已乃遷華閣皇典斯紀　其五

思文大漠恢我王猷清風肆穆雅憲允休邁彼江川邈此北流微言蘭馥玉藻雲浮　其六

遭時之險虎穽滔天憑德羨重縶此俊賢休否既亨名以德淵清徽伊鑠鑽之彌堅　其七

明明大象玄鑒照微顯允君子求福不回善挹引慶險以德祈澄濁以靜罔乆不暉　其八

釋彼遊寄樂此窈真形以神和恩以道新清雲方秉芳餌可揖達觀在一萬物自賓　其九

重門誰和子音瞻彼晨風思託茂林　其十

荅

邈矣上祖垂休萬葉廣問弘被崇軌峻躡高山克荒
大川利涉繁藹惟祐風連雲接　其一

大人有作二后利見九功敷奏七德殷薦鼎實重芳
芳烈再翕奕世弘道天祿來宴　其二

道弘振古祚未替今如彼在川亦有浮沉大部既系
響非我音豈曰荒止塗弗克尋　其三

昌風改物豐水易瀾百川摠紀四海合源在彼焉取
聿來莫覯曾是徧心敢忘丘園　其四

負暉徧照玄澤謬盈發彼承華頓此增城託景靈雲

倦遊紫庭匪曰能之寔忝長嬰　其五
煥矣金虎襲我皇猷孰云匪忝仰媿蒼流往蹇來反
弭迹一丘變彼東朝言即爾謀　其六
振振孫子洪族之紀志擬龍潛德配麟趾引服朗節
克明峻軌遵彼中皐於穆不巳　其七
於穆不已大都是階之子于命民應如隤厚德時邁
恊風允諧惠此海湄俾也可懷　其八
乃眷丘林樂哉河曲解紱披褐投印懷玉遺情春臺
託蔭寒木言念伊人温其在谷　其九
道俟人行辭以義輯和容過耒余未云執惠音弘播
清風駿集懷德形憮臨篇景立　其十

失題二首

美哉良友稟德坤靈明照遠鑒幽微研精邀跡皇英
質如瑶瓊贈我翰墨示我丹誠道同契合體異心并
自頃西徂合于五樓遲想歡嬿覲我良疇亦既至止
顧言莫由室邇人遐中情則憂抱恨東遊神往形留
何以合志寄之此詩何以寫思託之斯辭我心愛矣
歌以贈之無祕爾音不我是貽有美一人芳問芬葩
嗟我欽羨夢想光華亦既至思上下欣嘉德馥秋蘭
容茂春羅淑似令嫭惟子陋何雖有良[illegible]朽木難加
愛樂朋規贈以斯歌皆能載之其美孔多嗟痛薄祜
並罹哀苦堂構既崩過庭莫覿我悴西隣子沉東土

契闊艱辛誰與晤語身滯情往神逝影處發夢宵寐
以慰延佇

陸士龍文集卷第三

陸士龍文集卷第四

晉清河內史陸　雲　士龍

詩

荅兄平原二首
爲顧彥先贈婦四首
荅張士然一首
芙蕖一首
嘯一首

荅兄平原二首

悠悠塗可極別促怨會長銜思戀行邁興言在臨觴
南津有絕濟北渚無河梁神往同逝感形留悲參商

衡軌若殊迹牢牛非服箱

行矣怨路長惄焉傷別促指途悲有餘臨觴歡不足我若西流水子如東峙嶽慷慨逝言感徘徊居情育安行攜手俱契闊成腓服

爲顧彥先贈婦四首

我在三川陽子居五湖陰山海一何曠譬彼飛與沈目想清慧姿耳存淑媚音獨寐多遠念寤言撫空衿彼美同懷子非爾誰爲心

悠悠君行邁煢煢妾獨止山河安可踰永路隔萬里京室多妖冶粲粲都人子雅步擢纖腰巧笑發皓齒佳麗良可羨衰賤焉足紀遠蒙眷顧言銜恩非望始

翩翩飛蓬止郁郁寒水縈遊止固殊性浮沉豈一情
隆愛結在昔信誓貫三靈秉心金石固豈從時俗傾
美目逝不顧纖腰徒盈盈何用結中歎仰指北辰星
浮海難爲水游林難爲觀容色貴及時朝華忌日晏
皎皎彼姝子灼灼懷春粲西城善雅舞總章饒清彈
鳴簧發丹脣朱絃繞素腕輕裾猶電揮雙袂如霧散
華容溢藻幄哀音入雲漢知音世所希非君誰能讚
棄置北辰星問此玄龍煥時暮復何言華落理必賤

答張士然一首

行邁越長川飄颻冒風塵通波激江渚悲風薄丘榛
脩路無窮迹井邑自相循百城各異俗千室非良隣

歡舊難假合風土豈虛親感念桑梓域髣髴眼中人

靡靡日夜遠眷眷懷苦辛

芙蕖

緑房含青實金條懸白璆俯仰隨風傾煒燁照清流

嘯

逍遥近南畔長嘯作悲歎

陸士龍文集卷第四

陸士龍文集卷第五

晉清河内史陸　雲　士龍

吳故丞相陸公誄

晉故散騎常侍陸府君誄

晉故豫章内史夏府君誄

吳故丞相陸公誄

惟赤烏八年二月粤乙卯吳故使持節郢州牧左都護丞相江陵郡侯陸公薨嗚呼哀哉皇朝迭紹成命昊天聖王作矣世有哲臣觀監在吳乃降斯神思皇我后應運對揚穎秀崇華景逸扶桑龍輝龔極鳳鳴玉堂舉旗清阻奮鉞夷荒悠悠結沉維峻極公綱將撫

遠績括地九圍皇淳爽泰昊旻疾威生民如何哲人其頽登靈在天遺音播徽敢揚元勲表之素旂乃作

誄曰

濬哲我祖時文畯德玄粹納眞清休載式本承慶耀駿惠罔極申錫多祜本支千億芳條遠蔭靈根茂植根條伊何苗黃裔舜長發有祥貽我祚晉神明之緒實蕃瑰雋和音嗣世不替碩彥明鑒在下降命上玄我公初載天縱之純重光納照旋璣授銓仰儀喬嶽俯濯洪川清輝秀穎雲翹映晨肇彼岐嶷允迪天眞先心則智率意斯仁秉夷清昧體靈協神神休載鑠九德兼和挹揮茂朴豐淳鎭華景峻凌高玄源踴波

遐辰竦隆彌海廓遐光備既淳逸軌爰超閡罔苞荒
景靈渥耀山林嶽秀天光乃照窮化機神探賾衆妙
駭塵氛埃澄響清肖恢淵博量騰崘峻邵振綱宇表
登軌絶蹈厥初藏器栖蟠海嶽披藻崑崙濯秀暘谷
沉輝熙茂[redacted]清塵熠鑠含章在淵發揮龍躍時復
陽九承乾之衰有皇子升玉軒徘徊爰茲赫奕需期
雲飛天步皇輿載見太微華堂誕基委虵自階鼎輝
既隮嘉命乃集和美未[redacted]宰物下邑康年委登惠風
時協在斷無頗于教斯輯金虎覿精戎車孔肆神寶
播越天人釋位有命在茲帝恩元帥委弁摠干振翼
虎噬威靈既授六軍有序乃誓我衆乃整我旅神干

山立雄旗電舉懸旌汜陽即戎江滸我后曰敬上帝
臨予靖端夙夜匪寧匪處經始綿綿滂淹惟海乃幹
中軍入作內輔公侯陟降在帝左右關羽滔天作雲
西土帝曰將軍整爾能虎赫赫明明皇輿出祖龍舟
照淵旟旐映野鋪敦江濆仍執醜虜荊南既集方嶮
未夷天子命我撫之西垂公侯戾止威神緝熙虔劉
作虐思輯子來妖旍北靡搴爾雄旗獷彼羣蠻祁祁
遺黎柔遠能和薄言綏之方堣肅清烈文雋武含爵
明堂冊勳天府天子曰咨我畜乃功錫爾青土建侯
于東開國名墟光宅海邦分圭作寶軒輅以庸既受
帝祐公用如大四鐵孔阜元戎耆鷂淑旂飛藻緌章

丞蓋振我輝靈四方于邁劉王負嶮冦我西隣公侯
赫怒干戈啓陳金鉞鏡日雲旗緈天淩岡襄嶽沉維
括淵元乇隕難鯨鯢墜鱗残漢時殪方域清塵曹休
東踰我疆斯越帝簡厥佐將命其傑乃俾我公啓行
警伐江漢之滸　忝授鉞揖帝整旅隱爾霆發桁桁
神誅震驚魏方我公矯矯虎視元戎截彼醜旅效此
武功武功既彰天威薄曜靈武震華邊垂清晏振
旅凱入王假有廟假廟伊何本膺寵祚土田陪郭四牡
載路出餞于郊此惟予顧禮嘉嵩高樂和湛露改容
肅至傾蓋寵步輦帶翩紛珍裘阿熱區宇惟寧繁遏
帝祉於穆疇咨數奏多士將膺元勳相惟天子僉曰

公侯宜有爰止繡裳縟藻衮帶重紫遂虛上司命公
登宰帝曰丞相朕嘉君德以茲軒冕往踐乃職宣爾
歡心維黃協極邦國若否四方爾式公拜稽首欽翼
明聖乃御機衡仰徽七政祗恪本顯無易惟命巍巍
天邑惟清四門公侯作弼爕炳皇文重輝熾景協風
烟熅百神秩祀兆獻思淳克諧庶尹遂成帝勳時雍
既濟王塗克廣儀形我度軌物垂象後遐施歸崇蔭
惠仰茂德棲音廣問沉響洪範遠逌玄猷洞深靈澤
崇藪天嶮垂陰翰飛樂嶮淵蟠泳沉澤豐泉丘潤博
雲林遭世大過夷倫靡肅亹亹公侯思維雅俗發憤
戎衣永言禮樂被分郭化荷戈思學體仁長物御風

熙國歡鑒擢徵主輝鏡璞戒危膏粱收後白屋五品
時訓民神收鑠我有奐文如曜如屈何以崇之匪闌
伊人我有烈武如霆如震何以將之保大豐年思弘
景業熙世登民克壯頤老秉鉞河津祉祚勿引早世
幽神仰慕遺輝寤辟憂殷嗚呼哀哉永惟我公克明
德心紛藹芳和被之惠林公侯没矣孰嗣徽音名存
體逝德茂形潛民之秉思好是謳吟嗚呼哀哉惟帝
念功寵命光大考謚典謨崇榮協泰安宫載考我公
于邁輴軒啓塗先驅驚旆哀風結輿遺思馮蓋舍舍
此休明即彼重藹攀慕靡及永戀光愛嗚呼哀哉

晉故散騎常侍陸府君誄

惟太康五年夏四月丙申晉故散騎常侍吳郡陸君
卒嗚呼哀哉天降純嘏誕育俊人才　九輿德鍾三
懿應運繼期顯微闡昧特恢大猷雍化熙世昊天不
弔奄忽零墜嗚呼哀哉朝隕棠榦邦喪國輝帝欽遺
烈士詠清機思經皇心痛浹民懷擢涕充邑惜慟盈
纖敢述洪迹千兹素旂其辭曰
於穆皇源時惟誕弘權輿有嬀爰帝暨王徽音接響
丕祚克昌乾鑒南眷誕降我祖顯考尚書納言帝宇
王命惟允銓衡攸序篤生常侍固天所隆祚以靈粹
陶以惠風道協體稟德與性鍾散心遠暢淵思遐通
瞻言潛臨見克哲克聰究精遐奧肆志篇章仰咨遺訓

思齊曩蹤擕光丕晦徽言是綱錯綜羣藝精徹豪芒
顯允閎姿旣明且緯彰敘汜愛經德紀義契闊邦族
是綜是緯摶約以禮陳錫載施雍雍閨闈克諧由仁
率禮崇化色養寧親九族和睦德被宗姻猗猗髦俊
祁祁縉紳鑽仰明範挹道希塵凱悌弘裕惠化是振
潛機密暢靡幽不甄濯以清波權以明銓旍善板築
刋穢紫辰邦無媮幸靈不牟眞沐浴玄源風移俗純
儀德鄉甸比化泗濱燿昬切煇旣升朱鷫爰莅揚邑
作尹名邦密邇帝畿大東小東宣敷五教敞化以崇
徽無墜命興無廢功帝欽良政民懷穆風學稽舊章
率由典刑考績三載絀幽陟明超踐皇闈紆組垂纓

奕世納言帝衡以平本崇曩烈堂構克榮征鼙屢振
干戈未戢乃秉雄戟徽戎東邑四牡徂征威德以立
爰守會稽青綬既襲帝曰欽哉疇咨羣后攺授顯服
屯騎是撫雍容皇甸綜文經武時值大過士奕其德
虔惟常侍高明柔直履冰察霜淪心遠測春存三季
形志于色頻顑厄運載離咎慝靖享思順曹氏匪革
投弁釋紱皓思東嶽遁世無悶清源是濯馥風彌馨
明徽載鑠皇途既闢天罔誕張運在九五違崄即康
猗歟高懿避風遠藏帝降大命丘園是揚裸將天邑
舒藻舊京僉曰休哉昭德塞違乃升常伯補闕拾遺
振纓紫極攄光太微奕奕玄冕熠熠貂璫仰耀皇維

俯映明堂輿振鳴鸞體佩琮璜居德彌沖雖休匪康
既踴君宿未踰鼎扆將陟太階弘載育民皇靈靡顧
大命奄臻厲凶彌留儵忽頹湮嗚呼哀哉黃河難澄
梁木易荒聖賢絶景希世齊光豈曰徒生實維天綱
於鑠常侍本德昭仁俯鏗瑤響仰綴玉振其在克壯
自褰乘屯鳳翳靈條龍竄祕泉收迹匿耀洪略陶縕
雖踴嘉運託景風雲瑰光既耀靈寶未闡弗慮皇圖
銜恨徂遷嗚呼哀哉江河慕海丘陵樂山於惟君德
齊聖廣淵羣彥景附漸化濯真蓋以崇嚴函以裕淵
西徂華源負澤慕塵幽萌潛暢滯思賴振六言六行
匪君不肅五有三無匪君不極衡准失平匪君不直

方榮遐邈匪君不式君其永没民其焉則結思遺愛
惟哀允惻嗚呼哀哉仲尼喪會孺慕失聲國僑殞鄭
邦無竽笙實惟常侍徽懿克明恩懷士心信結民情
聞者巷泣赴者風征八音輟響獻酢弗營羽檝翳川
輕駕盈庭揮袂雲藹殞淚雨零嗚呼哀哉伊惟平生
襲寵荷輝愷樂承明桑梓猶哀耋懷震丘言告言歸
明德遠燭慮凶以吉雖則榮泰存亡是卹爰築新邑
經始匪日眷懷不虞寧槻斯室王事靡監皇鑾是旋
嗚和吉往曾未浹辰震旆幽歸輝景長泯痛感皇祇
哀晉四民嗚呼哀哉穆穆天子昭明有融乃命三人
禮憲是崇賜以歸賻榮以贈終冠蓋東祖映族輝邦

丘薄南陸辰次天漢龜筴協貞靈域載判明器既庇
神道已羨縣象未登明星有爛軒車徵動執紼同贊
永棄高厦黄壚是館窀彼昏昧荒此輝粲幽房長鍵
脩夜靡旦翼翼輕蓋翩翩丹旐龍章舒藻旟旐有輝
輀輪轇結玄駟徘徊人誰弗思靡思匪哀援扎心楚
投翰餘悲嗚呼哀哉

晉故豫章内史夏府君誄

惟永寧元年五月二十五日晉故豫章内史夏府君
卒嗚呼哀哉乾鑒育俊崇兹大猷景靈垂祐黄精協
符濯蹤浩素闡志玄流熙光聖代邁勳九區哀彼造
物殂命不均既褒斯羨玄兹遐年祁祁搢紳泣涕流

連故作斯誄著之不泯其辭曰
於穆府君遠祖彌光功濟黎獻澤洽八荒披圖承禪
襲化軒唐洪風既振遐曜休煌越殷自周紹膺遺祉
亮節三恪侯服于杞悠悠訖茲徽烈不已奕世本弘
厥美是紀惟神降慶篤生府君玄祐秀朗擢景烟煴
誕載豐姿俊穎夙繁性與體和孝友穆融虔茲君親
姻族睦崇情廣褒誘品物虛躬安仁履素接舊以沖
澄鑒溥映哲思惟文淪心衆妙洞志靈源探幽判疑
沉欲淼分甄滯孝緫義猶壹貫崇規邈世體道而盤
瞻言先機蔚藻騰翰勵約由厚交順于顏文武未墜
君惟克脩百行殊撥君望斯周栖儀初九戢翼洪條

瓊輝四灼景問絅繆在昔我國元首載哲假寐俟旦
思庸俊邈旃檢髙髦體亦秩秩儀刑柳惠庶績惟穆
既穆其績英風彌邵天子有命曾是在朝頻繁幃幄
祇承皇曜神以測幽明以遠照目難識夷觀嶮攺蹈
譬彼清鑒莫塵其操五紀迭御載隆載傾南嶽頽鎮
蔭輝素靈瑾瑜遷寶投跡上京兆萌未緝皇聖攸嗟
聿臨倚氏接彼郇瑕道之以禮育之以和齊俗拯弊
民靡不嘉振我翰音洋鑠諸華明明皇儲叡哲時挹
奮厥河澢矯足雲霄俄軒玄闕徽英揚飈光灼東朝髦
士攸希媚茲一人亦既翰飛委蛇華閣陟降太微納
言賛重淵裕徘徊習習和風惟穆惟宣亦曰武昌厥

俗允新我后有命爰授俊臣君子玄顧義在安親秉
文共武言撫舊京御肅慈顏俯縣典刑移彼滯汙泮
宮時營衆否斯濟飛鴞革聲春翹睎景振鷺在庭髙
牖末奮遭茲閔凶頻顣泣血三載以終哀饗暴歇臺
命朝隆厥命伊何俾守南裔匪日是屯其託身虛繫
巾車既脂駕言將逝彝倫惟清路逼其庤君之于
遠乃恢斯緒思彼衆逸言尋厥楚暮瞻豐林晨看淵
水濯奇以翹披途導軌彼湘之東地嶮俗厖明德審
罰替幽崇儀嚴不式刑仁扶物施威和咸振澤被遐
畿皇道御世與民靡偏改彼惠政濟此未均思一黔
首濯溉羲淵揖望皇命脩翮徊翔循彼江濆乃眷豫

章觀風樹政德音允張洪化旣攄禮樂克昌開非秋厲
惠淑眷陽廣命俊乂惟弓與旃立園靡滯鸞驥馮軒豈
方伊類捉髮躬勤震我聲教邁鄉惟殷君化大揚自北
而南君澤本沃河漢載咸慶輝雲蔭洍潤川漸將配皇
宿登景具瞻昊天不吊乃降茲厲高祿朱融凶災宁
燧寢疾彌留大命隕墜邦家不紀沉哀結世嗚呼哀哉
式甄遺美君實克明懷光暢幽晞髮結清體德秉直審
行居貞屈曳蹈機與世靡靡矜天命棐諶唯仁則延徑道
委分亮曰斯然孰云府君不聞其言永懷載念憂憂心
孔艱曰兄曰弟篤愛纏綿晞光繼軌希翮鴻振今君何
之背世遐湮同生拊膺號哀瘁身眇眇孤徵過庭曷

遵天何忍斯于何之臻自君初邁旣夷且榮今君反
矣素旗垂銘雖光百辟託晷玄靈民慟于顯神孤于冥物
從人感轅馬失征飄風悼響音潜魚仰驚豐霄蹙蔭衆
羽徊鳴嗚呼哀哉瞻彼日月歲聿云夕寒暑窮化四辰交
錯日考三從寀絫䜌長薄藹矣轜軒脫駕窀穸背榮
孤世寧神大漢丘陵竦廕閟闈寘參寥寤摽惟哀心摧
涕潵嗚呼哀哉咨予與君恩親之微嘗蒙恤于昔援纓灝
猗思周弱志永庇惠輝如何府君貽景長違願言詠眷
載傷載悲昔我經年逝彼川路進闕初奔退違陵墓仰
瞻靈丘俯增永慕惻剝肝懷哀其曷曆嗚呼哀哉
陸士龍文集卷第五

陸士龍文集卷第六

晉清河内史陸　雲　士龍

頌　讃　嘲

登遐頌　盛德頌

祖考頌　張二侯頌

榮啓期讃　嘲褚常侍

牛責季友

登遐頌

夫死生存亡二理之已然者也而世有神仙登遐之言千歲不死之壽其詳固難得而精矣列仙之道作者既集而登遐未有焉莊周有言我試妄言之子試

妄聽之彼之有無蓋難以理求我之妄聽頗可以言
寄之遂爲頌云爾

郊間人　王子喬　玄洛
孔仲尼　九疑僊人　大勝山上女
李少君　梅福　張招
左元放　劉根　黄伯嚴
費長房　何女子　焦生
鮮卑務塵　韓衆　夷門子
林陽子　任作子　鬼谷子

淵哉郊間懷寶採薪媚兹伯陽常道是僉俯翼遂周
携手入秦遺物執一妙世頤神思我玄流浩若無津

王喬淵嘿遂遊志潛輝遺形靈嶽顧景亡歸變彼有傳
與爾翩飛承雲倏忽飄颻紫微
玄洛妙識飢餌神穎在陰倏逝即陽無景逍遥北嶽
凌霄引領揮霧昊天含神自靖
孔丘大聖配天弘道風扇玄流思探神寶明發懷周
興言謨老靈魄有行言觀蒼昊清歌先試冊書有造
茫茫九疑登暉太素有漢登闡神具爾顧發彼靈丘
聿來載步貽我則歌求揚遐祚
大勝之娥厭猶翼翼降宫有和納符帝側揮杖指辰
絶音頹息若若玄右在彼峻極
少君善祠怡爾豐頹俯覲劉漢仰接妻栢武宴安期

巨橐爲飡神光攸往后來其嘆
在漢之衰頹火炎精梅公指景有皇遺形逝彼文辭
胥此洞庭神輝絶景豈外北冥
張招澄精妙思玄芒則是神物錯綜徽章乃幽乃顯
若存若亡因形則變悠忽無方
生在清純放情玄昧在物淵沉泝虛攸遂清酒一壺
百朋具醉有命集止乘龍來萃載見君子言觀其蔚
劉根登嵩遺世盤桓形委服容口猒瓊蘭挹彼呼翕
爲爾朝飡景絶巖穴光茂雲端
伯嚴志道翩飛自南北食中嶽練形嵩岑奔星凌頹
朱光無隂雲精九　擢耀盈襟

長房有懷承師問道蒙險洪海晞心玄浩將登蓬萊
祚爾難老嘉命既錫如何勿考
逝矣何女芳靈既彫安寢曾丘逝魂清霄喪魄載營
大墓崇朝玉趾再步於焉逍遥
焦生卜居在河之東皓襟解帶嘉卉結容頤神太素
淑思玄冲在彼黄堂明道固窮
北狄務塵在彼沙漠含神自頤靜居有恪自彼王庭
聿來伊洛天子命之載見紫閣
衛矣終化靈毛揚葩愼爾貞心神祉來荷靡靡夷門
體道含真飡茹靈卉凌雲頤神
林陽餌車明視聰耳壯子既飡步晞千里任化凱入

輕雲揮止移形善變載坐載起
悠悠鬼谷永言潛止要終有集資生無始綢繆方平
在彼二子芬響蘭揮有來盈耳

盛德頌

余行經泗水高帝昔爲亭長於此瞻望山川意有悵然
遂奏章以通情焉并爲之頌云爾
晉太子舍人冀土臣雲稽首再拜上書皇帝陛下臣
雲頓首死罪伏惟陛下紹軒轅之叡哲越三代之高
蹤膺有聖之玄景詠生民之上略秦政肆虐漸疊生
民在昔上帝乃眷多方肅雍寶命鑒民顧天思文叡
聖以宅神器六合熒駕八荒[redacted]錯金皇居於阿房掎

逸鹿於九野謀猷回遹天人匪祚乃棻斯國授漢于
夜京是以先詔五緯章太素神毋哀號底命丹野九
垓闢授命之符鈞天清建皇之鑒陛下螭蟠泗水龍
躍下亭慶雲徘徊紫塵熠爍皇威肇於斷蛇神武基
於豐沛掩四縯以蓋天廓玄謨以闢宇華宮山藏玉
堂海納雲蓋景陰金門林蔚拔足崇長揖之賓吐飡
納獻規之客玄猷上通德輝下濟仰翰雲禽俯躍魚
鲂是以四海之内莫不企景嶽以接羣望廣川而鱗
集乘山涉水視險若夷奔波闕廷思効死節乃鳴鸞
在衡奔驥服輅良乎鳳栖信布虎據豪雄淩暴於外
奇謨補闕乎内威謀兼陳智勇畢効乃淩河海河海

無梁乃仆高山嶽華不重三秦席卷項籍灰分適虜
霧散遺冠雲徹泛時雨以清天洒狂塵以肅地巒於
川輿竦峻蓋於蒼昊功濟宇宙德被羣生天人允嘉
民神協愛歷數在身有命將集而陛下猶復允執高
讓成功靡有普天歸德羣后固請然後謁天皇於圓
丘巡萬乘於帝室率土離暴秦之亂臣妾蒙有道之
惠戎羌蠻夷之虞離趾肅慎之國莫非帝臣巍巍蕩
蕩蓋天臨地自啓闢以來有皇之美未有若聖功之
著盛者也臣雲頓首頓首死罪死罪臣以鄙倍文武
無施忝寵本朝承乏之下位而臣遘愍自西徂東行邁
攸止路經泗水伏見史臣班固撰錄聖功竊禱承陛下

扶桑始照天暉未融之日嘗臨御此川於是卽命舟
人弭檝水汕瞻仰山川舊物不替永惟聖輝罔識所
憑遠眺邇企感物興哀終懷靡及俯心遐慕臣命違
千載之運身生四百之外恨不得役力聖明之鑒寓
目風塵之會揮戈前隊待罪下軍抽鋒咸陽之關提
鉞項籍之領痛心自悼不知所裁行役之臣奉制朝
憲雖懷彷徨王事靡盬肅將言邁實銜罔極臣聞遊
魂變化神道無方雖聖靈登遐降陟在天連光五精
流輝太一或冀神輿降觀薄猗五服時邁玉軫言巡
茲邑是以下臣仰瞻紫宮俯要恍惚愚情振蕩靡審所
如不勝延頸紫微結心閶闔之情謹在水濱拜章陳

愚臣雲誠惶誠恐頓首頓首死罪死罪臣稽首以聞

臣雲言臣聞歌詠所以宣成功之烈詩頌所以美盛德之容是以聞其聲則重華之道彌新存其操則文王之容可覩永惟陛下聖德豐化比隆前代元勲茂功超蹤在昔故詩歌之所依詠金石之所揄揚者也臣謹上盛德頌一篇雖不足以仰度天高伏測地厚貴獻狂夫區區之情臣雲(太云)

晉太子舍人臣陸雲上

於皇漢祖纂胄有唐平章在昔文思百王丹輝栖烈火精幽光爰茲聖緒頹維弛綱靈曜熠爍隮景扶桑則天未墜重規旻蒼其規伊何撗乾作峻歌德不回矩地能順憑河拓景襄岳般韻龍章景偉虎質頓夔

有秦不競罔極黔首震驚予師思虔神主上帝曰咨
天鑒有赫乃眷伊漢此惟予宅明明聖皇既受帝祉
雲騰下邑風駭泗水仰鏡天文五緯同晷俯察雲符
神母爰止思文聖王克廣克遐威凌群桀德潤諸華
爰祀天人天人攸嘉爰輯蒸徒所和既和既和既順
乃矢德音豐沛之旅其會如林朱旗虹超彤旆電尋
推師蕭曹撫劒高噲元戎薄伐時罔不龕凌波川潰
肆野陸沉咸陽克殄既係秦后峩峩阿房乃清帝宇
穆穆聖皇天保攸定有項畔換不式王命既愆黜我
西土於鑠王師遵時匪怒爰赫乘疊席卷三夏嘽嘽
戎軒矯矯乘馬燮伐強楚至于垓下天誅薄曜暴籍

授首區夏既混宇宙蒙乂肅肅帝居巍巍神器有皇
于登是臨天位繡文于裳組華于黻明明天子有穆
其容至止鏘鏘相惟辟公宣聲路寢發號紫宮頌此
愷悌以畜萬邦思樂皇慶協于時雍琴瑟在御大予
舞功越嘗委贄肅慎來王明明聖皇闢國乘制分圭
胙勞河山命誓禮律克彰典文垂藝有漢怲怲疏罔
不替聖功克明九方孔安良宰內幹武臣外閑瀚澤
冀域沾彼戎蠻連光太素萬載不刊

祖考頌

雲之世族承黃虞之苗緒裔靈根之遺芳用能枝播
千條穎振萬葉繁衍固於三代饗祀存乎百世豈非

皇慶之積祐神明之發祥者哉在周之衰有嬀之後
將育于姜而貞龜發鳴鳳之兆周史表觀國之繇故
能光宇營丘奄有東海支庶蕃廡而亂祚昌大矣遭
世多難子孫蕩析逐于南土烈祖丞相邵侯顯考大
司馬武侯明德叡哲　雄特秀固上天所以繼跡前
期惠成顧者也是以有吴雲興而邵侯龍見遂風騰
海堣電斷荆楚運籌制勝底定經略文德光宣武功
四克乃作台衡以御于王政天罔與先代比隆羲問
輿前脩接響固所謂汪汪浩浩不世出者哉武侯以
光遠之度襲重規之軌宣朗之明照曾暉之景故寅
亮樞極則萬物淳曜緝熙有邦而宇內恪居及至中

葉亂曰虎臣緩援既集而大難時弭德濟封域之內
威揚函夏之表遂仍世作宰焜曜祖業車實襲軌衮
不改帶元勳曷於光國洪烈著於隆家考德計功比
之前代未有茂於此者也是以小子敢慕徽猷欽述
芳烈雖不足以當朱弦之一唱發清廟之三嘆蓋爾
臣子之遺恩罔極之所處也乃作頌曰
悠悠聖緒上帝是臨世篤其猷乎顯徽音神風往播
福禄來尋靈根既茂萬葉垂林繁盛海隅穎寧漢陰
既曰寧止芳祐允淑乃步斯淳降神有陸赫矣二公
應期載育明明邵侯允哲允謀叡心昭德淑問宣猷
如日之升如川之至炎精既頽黄暉曷爍光宅海邦

大造江漢王于出征二公斯難長驅致届九有有判
咸黜凶醜區域寧晏天祿未終大命有集卜食東夏
元龜既襲聿來卽宮作蕃舊邑公徒斯振帝旅凱入
於變時雍神道經始肅肅九命永言徽止公拜稽首
對敭天子猗歟盛歟邵侯有作我考纂戎爰究爰度
遠除尋執崇基式廓昭明有家祖廟奕奕中葉虎臣
稱亂西秦靈旆電揮伐鼓霆震會朝哀舉征不浹辰
遐風遠掃萬里無塵有族斯祜念功在茲袞衣之宜
遂作上司台光增朗方險載夷穆矣暉章有昊之旗
我祖我考受言藏之韡韡藻裳再命同服騑騑四牡
二世方轂分珪比瑞天秩厎祿公堂峻趾華榱重屋

昔在二伊于殷有聲在漢之興亦曰韋平惟祖惟考
復貞大亨邈彼披陽追蹤阿衡駿惠雨施景潤雲行
洋洋玄化功濟其民風馳海表光被嶽濱二后重規
世有哲人肅雍碩響萬載是振

張二侯頌

張氏之先蓋少昊氏之苗裔也其在春秋晉德方休
而張老延譽爰暨有漢文成佐命祕基司空揚聲於
末葉流長祚遠世[redacted]之侯輔吳將軍文侯遭季末雲
擾遂避難于東有吳之興寔為謀主桓即世援建太
祖知命審於將萌先識鏡於未兆遂作上將輔成王
業立朝無不易之方正色有犯顏之亮固所謂謇謇

王臣古之遺直者也奮威將軍定侯明德光遠執量
弘濟文敏足以華國威略足以振衆重規繼體而大
業暉崇故休祚頻繁寵靈仍世天秩之體彌彰而毀
盈之心茲沖用能保寵固世考終碩問盖竹帛之所
光宣詠歌之揄揚也乃作頌曰
烈文遠祖肇自上皇金天淳曜遂濟窮桑眞人有作
飛龍在天留侯載見階雲自淵即謀神造啓運妙玄
有漢再命度邑于東其在中葉誕育司空邈矣唐陵
有恭斯庸寧衍盈止世篤天祿神之聽思俾我戩穀
繁過芳祐底之洪族洪族既昌再恵音徽於穆二侯
仍世雙飛堂堂輔吳抑抑奮威如龍之躍如鳳之揮

薄言戾止在彼紫微金卯紛若四海畔換文侯乃顧
妙世達觀逝彼塗方度茲江漢鳴飛遵海聿來有亂
遭家不造殲我明聖桓后肇揚侯承末命皇大烝哉
天保未定匪侯䘏度宗緒孰正帝整我蕃外薄四荒
命作惟師時惟鷹揚遂登上將亮彼大皇底邑胙土
命珪有璋蹇蹇我侯明發宿夜襲彼遺直興言有譽
聿懷來忠王室之故徛歟定侯祗服清曜弈弈瓊氣
玉潤淑貌淵謂往藏朗思來照曾是徽章弈世被荷
庸勳開國明道隆家苾苾其芬淑問揚和有蔚其文
如林之華皇矣帝祚受言既崇女有行作合儲宮條
延紫極穎行皇寧疊疊定侯在盈思冲祗寵戒溢末

懷慎終重光並曜播我芳風

榮啓期讚

榮啓期者周時人也值衰世之季末當王道頹凌遂隱居窮處遺物求已泝懷玄妙之門求意希微之域天子不德而臣諸侯不得而友行年九十被裘皷琴而歌孔子遇之問曰先生何樂荅曰吾樂甚多天生萬物唯人爲貴吾得爲人矣是一樂也以男爲貴吾又得爲男是二樂也或皆不免於繈緥而吾行年九十是三樂也夫貧者士之常也死固命之終也居常待終當何憂乎孔子聽其音爲之三日悲常被裘帶索行吟於路曰吾著裘者何求帶索者何索遂放志

一丘臧景榛藪居真思樂之林利涉忘憂之沼以卒其天年榮華溢世不足以盈其心萬物兼陳不足以易其樂絕景雲霄之表志濯北溟之津豈非天真至素體正含和者哉友人有圖其象者命為之讚其辭曰

芒芒至道天啓德心自昔逸民遁志山林邈矣先生如龍之潛夷明收察滅跡在陰傲世求已遺物自欽景遯瓊輝響和絕音戀彼丘園研道之微思樂寒泉薄採春薺鳴弦清泛撫節高徽有聖戾止永言傷悲天造草昧負道實嘉於鑠先生既體斯和熊羆作祥黃髮皤皤耽此三樂遺彼世華翼翼彼路行吟以遊

的的瀐晃陋我輕裘未脫亂世受言一丘媢茲常道
聊以忘憂

嘲褚常侍

六年正月前臨川府丞褚老常侍君子謂吳㱓是乎
能官人官人國之所廢興也古之興王唯賢是與召
望漁釣而周王枉駕甯戚叩角而齊王忘寐委斯徒
而縻好爵釋短褐而服龍章姬姜之族非無人也親
暱之愛非無懷也取彼庸賤之徒登之佐臣之列故
丸賢翼世而有命既集五子佐時臣霸以濟夫唯能
官人之所由也褚氏大夫之常佐遠邦之賤司才則
邵矣官實陋矣而拔出群萃超昇階闥雖文王登師

桓公取佐亦何以加之詩曰濟濟多士文王以寧言官人得才也褚常侍聞之喜曰君子之言豈虛也哉吾得此足矣君子謂褚常侍於是乎不謙謙也者致敬以存其位者也謙之不存德無柄矣世之治也君子自以爲不足故撙節以求役于禮敬讓以求安于仁世之亂也在位者自以爲有餘故爵豐而求更厚位隆而欲復廣世之治教恒由此作令褚侯蟬蜕利木鵠鳴玉堂不庶幾夙夜允集衆譽而意充於一善心盈於自足足則無求盈則無戒不求則善遠之無戒則惡來之亦何以爲君子哉詩云戰戰兢兢如臨深淵愼之至也褚常侍聞是言也懼謂之昌言也而

拜之君子曰褚偯其幾矣聞善而[redacted]喜過又應之懼
嘉服義之賢而拜讜言之辱規同禹迹義均罪已君
子哉吴無君子斯焉取斯

牛責季友

天造草昧萬物化淳類族殊品莫尚乎人今子履方
象以矩地載負規以儀天該芳靈之凝素挺協氣於
皓玄故神窮來[redacted]思洞無間蹋翰則憤凌洪波吐事
辭則辨解連環子何不絕淵而躍照日之光使穎秀
暘谷景溢扶桑俯經見龍之輝仰集天人之堂雖子
之服既未而素令子之滯年時云暮而冕不易物車
不改度子何不使玄貂左弭華蟬右顧令牛朝服青

軒夕駕軺輅望紫微而夙行踐蘭塗而安步而崎嶇
隴坂息駕郊牧玉容含楚孤牛在疚何子崇道與德
而遺貴與富之甚哉日月逝矣歲聿其暮嗟呼季友
盛時可惜追良期於風柔競悲飆於葉落陳讜言於
洪範圖形於霄閣使景絶而音泯芬身荐而榮赫奕
子如不能建功以及時予請迹於桃林之薄

陸士龍文集卷第六

陸士龍文集卷第七

晉清河内史陸　雲　士龍

騷

九愍

昔屈原放逐而離騷之辭興自今及古文雅之士莫不以其情而玩其辭而表意焉遂廁作者之末而述九愍

喬皇聖之豐祐膺萬葉之多福貞龍暉以厎載啓元辰而誕育考度中以錫命端嘉令而自肅蘭情馥以芬香瓊懷皎其如玉希千載以遥想昶遠思而自怡範方地而式矩儀穹天而承規結丹欵於璇璣協朱誠於四時咨中心之信脩佩日月以爲旗悲年歳之

晚暮殉偹名而競心仰勳華之耿暉詠三辟之遐音握遺芳而自玩挹浩露於蘭林陰雲紛以輿靄颸風起而回波黨明溪以惡美疾傾宮之楊娥樹椒蘭於瑶圃掩夜光於瓊華遘貞心以誰忒毀玉質而蒙瑕甘蒡言而弃予忽遐放其若遺瞻前軌而我先顧後乘而駕遲遵荒塗而伏軾撫鳴鸞而稱悲感瞻烏之有集嗟離瘼之焉歸靜沉思以自瘁願凌雲而天飛

偹身

逢天怒而離紛遘時咎於惟塵端周誠以恪居祇後命而自寅悲讒口之罔極高離情於參辰豈三錫之又睎乃裔予於遐賓運羽櫂以涉江浮鄂渚而駕言

背夏首以窮遡兮泝行川而永歎結風回而薄水兮源波榮而重瀾情懷眷以疊結舟淹流而中盤袒愁心以自邁肅榜人而曾驅詔河馮以清川命湘娥而安流濟南詔以佇望野蕭條而振疇獸悲號以命旅鳥狂顧而鳴仇悲我行之悠悠怨同懷之莫求發辰陽而徃彼緣湘沅而來假亦芳樹於縣車秣梁苗於樊馬山嵩高以藏景雲晻靄而荒野鳥捎翼於甍巔水回波於宇下掯明星以脉路景即陰而無旅隨長川以問津響脩聲而和予聽歸音以自閒踐無迹以窮處雖遘愍之既多亦顛沛其何侮仰衆芳之遺情晞絕風之延佇

涉江

亂曰有鳥翩飛集江湘兮彼美一人莫予將兮念茲涉江懷故鄉兮生日何短慼日長兮顧我愁景惟永傷兮積沉毒於苦心寃憑虛以飄蕩形息景於重陰虎鳴飈以拂谷螭回雲而結林操土音以懷郢涕頻代而盈襟辭終古之舊墟託茲邦而遥集望龍門而屢顧攀惟桑而祗泣悲惠之難狀振拮形而獨立撫彫容之日頹招炯思而弗及聞先黎之達教固積善於遺慶晞明休而受言想介福之保定靡心貞以祗服浙大順而委命君在初之嘉惠每成言而永日怨谷風之攸興彌九齡而未徹顧自獻於承閒悲黨人

之造滕舒幽情其曷訴卷永懷而淹恤嗟哲士之足歎傷邦國之殄瘁痛靈脩之匪懷頹九成於一匱忘大寶之勿假輕挈瓶之守器仰剪翮於凌霄俯歸飛於矰罻毀方城於秦川投江漢於泥渭悲彼黍之在郢悼宗楚之莫餘撫傷心以告哀將斯情之孰慰

悲郢

登高山以遐望悲悠處之淹流豈大川之難濟悲利涉之莫由申脩誠以底節反內鑒而自求考余心其焉可往稽度於神謀訪斯言以卜居想貞龜以告猷將矯翼而塗險思振清而世濁羗釋筴而評予諒不疑其何卜朝彈冠以晞髮夕振裳而濯足有懷沙以

赴淵無抱素而蒙辱愁纏綿以宅心長歎息而飲淚步江潭以彷徉頻行吟而含瘁遇漁父之矣止與讜言而來懇雖懷芳而握瑜懼惟塵之我穢顧虛景而端形矧同波於其醉追伊人之逍遙聊仰棄於林側懷達心以遠寤怡哀顏而表色仰班荆之遺情想嘉訊而良食若有言而未吐忽弃予而凌波揮龍楞以鼓汰遺芬響而清歌俟滄浪之濯纓悲余壽之幾何愧褊心之歎渝恨爾謂之莫和捐江魚之言志營玄寢於汨羅苟懷忠而死節豈有生之足嘉

行吟

悲怨思之多感情惆悵而遠慕世玄黃而既渝心居

貞而抱素冀斯氣之一清要佳人於天路考年載以
遲之悲歲聿之巳暮攬豐草於朝日思先晞於湛露
規法圓而天象矩則方於地形祇信順以自勸邀式
穀於神聽悲登黿之無抗訊貞夢而遷靈悔相道而
懷顧悲實蕃之巳盈頓椒丘而息駕振初服而翱翔
結瓊藜之芳襟襲凌華之藻裳懷瑶林之珍秀握蘭
野之芳香命巫咸以啓期訪百神而考祥靖永言以
聽命欽靈辞而肅邁振華冕之王藻樹象軒之高蓋
幸假翼以鳴和霓揮景而縈旆芳塵穆以烟熅彤雲
起而深藹遊八極以大觀解飛轡以長想將結軌而
世狭願援揖而川廣雖我服之方壯思振策其安往

舒遠懷以弭節褰世羅於天網

紆思

亂曰猗猗芳草殖山阿兮朝日來照發豐華兮秋風蕭瑟凝霜加兮傾葉懷春猶俟河兮徧周流而無過悲窮思之永久聽幽荒而罔詔眷寒廓而無友流沉液於繩樞逝回飈於甕牖呼寂寞而靡應攢虛無其何有神悠悠而永念夏憂綢繆而盈室哀惻心而響起時弃予而景逸招逝運其難徵儀遺範而無律雖芳林之將樊豈蘭響之可謐晞馥風於曠野思同芬而靡質命險太其靡常道离隆而匪易紓幽情而思古援在昔而立辟俟重華以同遊悲瑤圃之難適洲登

陸其焉濟輪涉淵而無迹悲荒塗之旣升臨導渚而
投策欲隨波以周流恨匪石之難頹將從風而卷舒
悲宜矢之辭懷貞卽志而玉折厲勁心而蘭摧喟我
懷以寤歎闈前鑒而自勵忠與邪其莫可豈余命之
所窮俯投迹而世涔仰晞志而道隆耻蒙垢於同塵
思振揮於別風明爽心以畢志考吾道以自終

考志

天機偏其掞蓋玉衡運而回襄景彌脩而日短時愈
促而夜長和音變而改律乘風華而爲商感秋林之
夙暮悲芳草之中霜存倏忽而風過逝揮霍而雲散
方輕焱而焇遲比收電而景晏將愉樂以夙興追良

曰於昧旦痛予生之不辰逢此世之多難時藹藹而
未颺世渾渾其難澄風頹山以离谷波平淵而爲陵
道曠世而朴散化固滯而物凝恨轕德以莫舉悲民
鮮之孰勝景照明以妙見音振響而攄聞金淬堅以
示斷芭靡菲質而效芬聲貞規以殉節反蒙譎於明群
咨小心以惴惴悲江草之芸芸

感逝

亂曰乳雲晻藹天明息兮矰羅重設鳳矯翼兮梧桐
逝矣樹榛棘兮思我芳林喟歎息兮哀時命之險薄
懷斯類以結夏憂手拊膺而永歎形顧景而長愁生遺
年而有盡居靜言其何須將輕舉以遠覽見眇天路而

高遊結垂雲之翠虬駕琬琰之玉輿揮采旄以煙指
靡華旌而電舒命日月以清天吾將遊乎九閡命羿
翳以夕降式飛廉以朝興塗蒙雨而後清景貞暉而
先登陪湘妃於彫輅列漢女以後乘瓊娥起而清嘯
神風穆其來應騑憑雲而響駭驂嘘天而景凌望紫
微以振策躡太階而遂升飛芝蓋之翼翼回雲車之
轔轔朝總轡於扶桑夕飲馬於天津伐河鼓以解徵
迄昆侖而凱振軌凌虛而遺迹塵蒙颷而絕輪豈遠
遊之無樂懷故都而傷情靡龍首以還顧轉瑶衡而
回縈泝凱風以流眄悲舊邦之穢傾眷南雲以興悲
蒙東雨而涕零凌百川而絕蹈仰濯髮於崢嶸豈沉

瘁之足弭將蟬蛻於長生

征

痛世路之隘狹詠遂古而長悲鏡端形於三接照直影於太微祇中懷以眷慕豈鑒寐而忘歸悼天朝之遂晦構貝錦於繁文後南箕以鼓物藹清陽而播芬迹同塵而壞絕景和光而天分俯隕息於縈波仰頹歎而崩雲折若華以翳日時靡靡而難停飡秋菊以却老年冉冉其既盈欲假翼以天飛怨曾飈之我經思戢鱗以遁沼悲沉網之在淵有河清而志得挫千載之長年擠哀響於頹風寓悲音於絕弦嗟有生之必死固逸我以自休彼達人之遺物甘褰裳而赴流

矧余情之沉毒資有生以速夏憂悼居世其何感固形存其爲尢想百年之促期悲樂少而難多脩與短其足宏昌夂流於汨羅投瀾漪而負石涉清湘以懷沙臨恒流而自墜蒙濬壑之隆波接申胥於南江

敼晃雲以携手仰接景而登遐

陸士龍文集卷第七

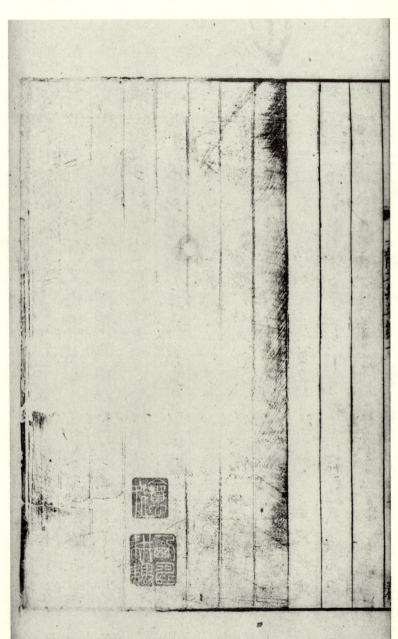

陸士龍文集卷第八

晉清河内史陸　雲　士龍

書

與平原書

一日案行并視曹公器物床薦席具寒夏被七枚介幘如吳幘平天冠遠遊冠具在嚴器方七八寸高四寸餘中無鬲如吳小人嚴具狀刷膩處尚可識疏枇剔齒纖綖皆在拭目黃絮二在垢黑目淚所沾涴手衣卧籠挽蒲棋局書箱亦在奏案大小五枚書車又作歧案以卧視書扇如吳扇要扇亦在書箱想兄識彥高書箱甚似之笔亦如吳筆硯亦爾書刀五枚琉璃筆

一枚所希聞景初三年七月劉婕妤析之見此期復使人悵然有感處器物皆素今送鄴宮大尺間數前已白其繐帳及望墓田處是清河時臺上諸奇變無方常欲問曹公使賊得上臺而公但以變譎因旋避之若焚臺當去何此公似亦不能止文昌殿北有閣道去殿丈內中在東殿東便屬陳留王內不可得見也

一曰三上臺曹公藏石墨數十萬斤去燒此消復可用然烟中人不知兄頗見之不今送二螺省曹公遺事天下多意長才乃當爾作弊屋向百年于今正平夷塘乃不可得壞便以斧斫之耳爾定以知吏稱其

職民安其業也
雲再拜前省皇甫士安高士傳復作逸民賦今復送之如欲報稱久不作文多不悅澤兄爲小潤色之可成佳物願必留思四言五言非所長頗能作賦爲欲作十篇許小者以爲一分生於愁思遂復文誨欲得雲論間在郡紛紛有所鈎定言語沠行斷絶欲更定之而了不可以思慮今自好醜不可視想冬下體中佳能定之耳兄文章已自行天下多少無所在且用思困人亦不事復及以此自勞役閒居恐復不能不願當自消息謹啓
雲再拜祠堂頌已得省兄文不復稍論常佳然了不

見出語意謂非兄文之体者前後讀兄文一再過便
上口語省此文雖未大精然了無所識然此文甚自
難事同又相似盖不古皆新綺用此巳自爲洋洋耳
荅少明詩亦未爲妙省之如不悲苦無惻然傷心言
今重復精之一日見正叔與兄讀古五言詩此生歎
息欲得之謹啓
雲再拜二祖頌甚爲高偉雲作雖時有一佳語見
兄作又欲成貧儉家無緣當致兄此謙辭又雲亦復
不以苟自退耳然意故復謂之微多民不輟歎一句
謂可省武烈未得有其說桓王之事而云建其孤恐
太祖不得爲桓王之孫雲前作此頌及信以自兄作

引甚單常欲更之未得兄所作引甚好雲方欲更作引述思賦黨自竭厲然雲意皆已盡不知本復何言方當積思思有利鈍如兄所賦恐不可須願兄且以伯聲兄弟前日觀習先欲作講武賦因欲遠言大體欲獻之大將軍才不便作大文得少許家語不知此可出不故鈔以白兄若兄意謂此可成者欲試成之大文難作庶可以爲關雎之見微謹啓

雲再拜往日論文先辭而後情尚絜而不取悅澤常憶兄道張公文子論文實自欲得今日便欲宗其言兄文章之高遠絕異不可復稱言然猶皆欲微多但清新相接不以此爲病耳若復令小省恐其妙欲不

見可復稱極不審兄由以爲爾不哉曹碑皆自是蔡
氏碑之上者比視蔡氏數十碑殊多不及言亦自清
美愚以無疑不存三祖贊不可聞武帝贊如欲管管
流澤有以常相稱美如不史願更視之小跋幾而悅
奕爲盡理雲今意視文乃好清省欲無以尚意之至
此乃出自然張公在者必罷惢復以此見調不知九
愍不多不當小減九悲九愁連日鈔除所去甚多才
本不精正自極此願兄小爲之定一字兩字出之便
欲得遲望不言謹啓
雲再拜仲宣文如兄言實得張公力如子桓書亦自
不乃重之兄詩多勝其思親耳登樓賦無乃煩感丘

其弔夷齊辭不爲偉兄二弔自美之但其呵二子小
工正當以此言爲髙文耳文中有於是爾乃於轉句
誠佳然得不用之益快有故不如無又於文句中自
可不用之便少亦常云四言轉句以四句爲佳往曾
以兄七羨回煩手而沉哀結上兩句爲孤今更視定
自有不應用時期當爾復以爲不快故前多有所去
喜霽俯煩習均弔誠重離此下重得如此語爲佳思
不得其韻願兄爲益之謹啓
雲再拜嘗聞湯仲歎九歌昔讀楚詞意不大愛之頃
日視之實自清絶滔滔故自是識者古今來爲如此
種文屯爲宗矣視九章時有善語大類是穢文不難

舉意視九歌便自歸謝絕思兄常欲其作詩文獨未作
此曹語若消息小往願兄可試作之兄復不作者恐
此文獨單行千載間常謂此曹語不好視九歌正自
可歎息王褒作九懷亦極佳恐猶自繼最玄盛稱九
辯意甚不愛

雲再拜頃得張公封禪事平平耳不及李氏其文無
比恐非其所作欲見此公劉氏世頌有信頗付雲頃
又爲輔吳奮威作頌欲愈前頌然意並不以快遣信
當送九愍三賦脫然謂可舉意假彼頌便有怯處想
無又間便可耳大類不便作四言五言謹啓

雲再拜誨二賦佳久不復作文又不復視文章都自

無次第文章既自可羡且解愁忘憂但作之不工煩勞而弃力故久絶意耳在此悲思視書不能解前作二篇後爲復欲有所作以慰小思慮便大頓極不知何以乃爾前登城門意有懷作登臺賦極未能成而崔君苗作之聊復成前意不能令佳而羸瘁累日猶云愈前二賦不審兄平之云何願小有損益一字兩字不敢望多音楚願兄便定之兄音與獻彥之屬皆願仲宣須賦獻與服繁張公語雲云兄文故自楚須作文爲思昔所識文乃視兄作誄又令結使説音耳兄所撰願且可付之此有書者更校善書送信還望之謹啓

雲再拜疏成高作未得去省登遐傳因作登遐頌須臾便
成視之復謂可行今並送之尚未定利及此信今更有何
所損益後入〻了無事合會之才得二篇耳索度是淫鬼
無緣在此中故不可作頌愁邑忽欲復作文欲定前於用
功夫大小文隨了爲以解愁作文臨時輙自玄佳小久報
不能視爲此故自息意爾今視所作不謂乃極更不自
信恐年時間復損弃之徒自困苦爾兄小加潤色便
欲可出極不苦作文但無新奇而體力甚困瘁耳謹
索幼安在此令之草令佳一弘不呼作工謹啓
雲再拜誨頌兄乃以爲佳甚以自慰文章當貴經綺
如謂後頌語如漂漂故謂如小勝耳九愍如兄所誨

亦殊過望雲意自謂當不如三賦情難非體中所長欲徧周流雲意亦謂爲佳耳然不云其愈於與漁父吾今多少有所定及所欲去留粗爾今送本往不審能勝故不意亦殊未以爲了南去轉遠洛中匆匆少暇願兄勑所遣留爲當爾可須來不佳思慮益劇未能補所欲去徹與察皆不與日韻思惟不能得願賜此一字雲作文如兄所論已過所望況乃當敢今兄有張蔡之懷得此乃懷怖也謹啓

雲再拜誨歲暮如兄如所誨雲意亦如前啓情言深至述恩自難希每憶常侍自論文爲當復自力耳雲意呼發頭但當小不如復耳兄乃不好者試當更思

之所誨雲文所比愁霖喜霽之徒實有可爾者登樓
名高恐未可越爾楊四公黃胡頌恐此不得見比聞
兄此誨若有喜懼交集祖德頌無大諫語耳然靡靡
清工用辭緯澤亦未易恐兄未孰視之耳兄文方當
日多但文實無貴於爲多多而如兄文者人不饜其
多也屢視諸故時文皆有恨文體成爾然新聲故自
難復過九悲多好語可耽詠但小不韻耳皆已行天
下天下人歸高如此亦可不復更耳兄作大賦必好
意精時故願兄作數大文近日視子安賦亦對之歎
息絕工矣兄誨又爾故自是高手謹啓
雲再拜蔡氏所長唯銘頌耳銘之善者亦復數篇其

餘平平耳兄詩賦自與絕域不當稍與比校張公昔
亦云兄新聲多之不同也典當故為未及彥藏亦云
爾又古今兄文所未得與校者亦惟兄所道數都賦
耳其餘雖有小勝負大都自皆為雌耳張公父子亦
語雲兄文過子安子安諸兄賦復不皆過其便可可
不與供論雲謂兄作二京必得無疑久勸兄兄為耳
又思三都世人已作是語綱類長之能事可見幽通
賓戲之徒自難作賓戲客語可為耳荅之甚未易東
方氏所不得全其高名頗有荅極謹啓
雲再拜誨九慼如所勑此自未定然雲意自謂故當
是近所作上近者意又謂其與漁父相見以下盡篇

爲佳謂兄必許此條而淵弦意呼作脫可行耳至兄
唯以此爲快不知雲論文何以當與兄意作如此異
此是情文但本少情而頗能作氾說耳又見作九者多
不祖宗原意而自作一家說唯兄說與漁父相見又
不大委曲盡其意雲以原流放唯見此一人當爲致
其義深自謂佳顈兄可試更視與漁父相見時語亦
無他異附情而言恐此故勝淵弦兄意所謂不善顧
疏勑其處緒亦欲成之令出意莫更惑如惡所在以
兄文雲猶時有所能得言雲前後所作謹啓
雲再拜誨前二賦佳視之行已復不如初昔文自無
可成藏之甚寧而爲復漏顯世然爲益者豈不謂之

不善而不爲懷此不感意想兄已得懷之耳有作大
唯尚多而家多猪羊之徒作蟬賦二千餘言隱士賦
三千餘言既無藻偉體都自不似事文章實自不當
多古今之能爲新聲絕曲者無又過兄兄往日文雖
多瑰鑠至於文體實不如今日聞在洛有所思已當
赦而比更隆以今意觀文見此眞吏以爲不盡善文
罷云故日向人歎兄文人終來同殆以此爲病張公
文無他異正自情省無煩長作文正爾自復佳兄文
章已顯一世亦不足復多自困苦適欲白兄可因今
清靜盡定昔日文但當鈞除差易爲功力誨已定敬
長誄意當闇與兄合雲久絕音於文章由前日見身

之後而作文解愁聊復作數篇爲復欲有所爲以忘
憂貧家佳物便欲盡但有錢穀復蓄出之而體中殊
不可以思慮腹立痛背便熱亦試可悲間視大荒傳
欲作大荒賦既自難工又是大賦恐交自困絕意往
經比干墓悵然欲弔之無又即意又事業
雲再拜張公藏誄自過五言詩耳但雲自不便五言
詩由巳而言耳玄泰誄自不及士祚誄兄丞相箴小
多不如女史清約耳恐兄無緣思於此意猶去何而
兄乃有高倫更復無意雲故日不作文而常少張公
文今所作兄輒復云過之得作此公輩便可斐然有所
謝故自爲不及諸碑藏輩甚極不足與校歌亦平平

遊仙詩故自能劉氏頌極佳但無出言耳二頌不減復過所望如此已欲解此公之半歲暮賦甚欲成之而不可自用得此百數十字今送不知於諸賦者不罷少不想少佳成當送到洛陳琳大荒甚極自雲作必過之想終能自果耳謹啓

雲再拜兵眞凶事生來初不見習頃觀之正自使人意惡笔勝轉時極佳問人皆不解何以作此轉雖云欲相泄恐此正自取好耳説之不能工願兄試一説之張義元荅貞淵之回沵昆侖吐河不體正自似急水中山石間是人謂回縛者但言之辭不工耳不知此中語於諸賦中何如頃曰極匆匆病一十當出略通日在焉

上此不可諧又恐信不及兄令以因休祖致又力作
無錫書極無賴甚不備具如是更白問於中
雲再拜爾乃使熊熊之士虓闞之將雄聲泉踊逸氣
風亮超三軍以奔厲賈餘勇以成壯兆洪音於寂寞先
無聲而高唱元兵時紛若屯雲爍若積波援敎斯謐
靜言勿譁嚴鼓隱其雲戒萬夫翕而咸和治安步以
止立應金奏而靡戈進揔手以乘言退揮旅而星羅禮
既畢歸旅將振轟縈負轉因瀨蓋旋若疾流之繞駭
沉驚飈之靡徃塵羊腸轉時命屏翳以久降式飛廉
而朝興涂蒙雨而後清景帶天而先澄陪畯臣於彫
軨列名僚於後乘猛將起而虎嘯商風肅其來應七

憑勢而嚮駭馬嘘天而景淩
雲再拜省諸賦皆有高言絶典不可復言頃有事復
不大快凡得再三視耳其未精倉卒未能爲之次第
省述思賦泝深情至言實爲清妙恐故復未得爲兄
賦之最兄文自爲雄非累日精拔卒不可得言文賦
甚有辭綺語頗多文適多體便欲不清不審兄呼爾
不詠德頌甚復盡美省之惻然扇賦腹中愈首尾發
頭一而不快言烏去龍見如有不體感逝賦愈前恐
故當小不然一至不復滅漏賦可謂清工兄頓作爾
多文而新奇乃爾眞令人怖不當復道作文謹啓
雲再拜詞堂賛甚已盡美不與昔同旣此不容多説

又皆一事非兄亦不可得見吊少明殊復勝前吊蔡君清妙不可言漢功臣頌甚美恐吊蔡君故當爲最使雲作文好惡爲當又可成耳至於定兄文唯兄亦怒其無遺情而不自盡耳丞相贊云披結散紛辭中原不清利兄已自作銘此但頌實事耳亦謂可如兄意眞說事而已若嘗復屬文於引便當書前銘耳謹啓雲再拜誨欲定吳書雲昔嘗已商之兄此眞不朽事恐不與十分好書同是出千載事兄作必自與昔人相去辯亡則已是過秦對事求當可得耳陳壽吳書有魏賜九錫文及分天下文吳書不載又有嚴陸諸君傳今當寫送兄體中佳者可並思諸應作傳及作

彼見人譜叙者當與令伯倫具百官次第公卿名伯
略盡識少交當具頃作頌及具事有愴然且公傳未
成諸人所作多不盡理兄作之公私並叙且又非常
業從雲兄來作之今略已成甚復可惜事少功夫亦
易耳猶可得五十卷謹啓
義高家事正當付令文耳弟彥長昔作具事云三十
卷可令欽求謹啓
雲再拜具書是大業旣可垂不朽且非兄述此一國
事遂亦失兄諸列人皆是名士不知姚公足爲作傳
不可著儒林中耳不大識唐子正事愚謂常　侍便
可連於尚書傳下書定自難雲少作書至今不能令

成日見其不易前數卷爲時有佳語近來意亦殊已莫莫猶當一定之恐不全此七卷無意復望增欲作文章六七紙卷十分可令皆如今所作輩爲復差徒爾文章誠不用多苟卷必佳便謂此爲足今見已向四卷比五十可得成但恐胸中成疥爾恐兄胸疾必述作人故計兄乞着此之自損胸中無緣不病作書猶差易讚敘亦復無幾年歲根之猶當小復謹啓

雲再拜一日會公大欽欣命坐者皆賦諸詩了不作備此日又病極得思惟立草復不爲乃倉卒退還猶復多少有所定猶不副意與頌雖同體然佳不如頌不解此意可以王弘遠去當祖道似當復作詩搆作

此一篇至積思復欲不如前倉卒時不知爲可存錄不諸詩未出別寫送弘遠詩極佳中靜作亦佳張魏郡作急就詩公甚笑燕王亦似不復祖道弘遠已作爲存耳兄園葵詩清工然猶復非兄詩妙者雲詩亦唯爲彼一語如佳先已先得便自委頓欲更作之昔如巳身先此篇試了不復彷彿識有此語此語於常言爲佳謹啓

雲再拜久不復作文了無復次第眞玄昔屢聞周侯至論前此霖雨此下人亦作愁霖賦好醜見郭又因人見督自愁慘又了無復意此家勤勤難違之亦復毒此雨憂邑聊作之因以言哀思又作喜霽今送雲作

爲易得耳窮不好故都絶意此間人呼作者皆休故不得有所送不審此何成已出之故爲存不弃耳謹啓

雲再拜一日視伯喈祖德頌亦以述作宜褒揚祖考爲先聊複作此頌今送之願兄爲損益之欲令省而正自輙多欲無可加省碑文通大悅愉有似賦愚謂小復質之爲佳前作此頌書之行欲遣信以白兄昨聞有賦消息愁憒無賴既冀又然又已成書聊以付信耳尋得李寵勸封禪草信自有才頗多煩長耳令送間人又有張公所作已令寫别送臨紙罔罔不知復所言謹啓

近得洛消息滕永遁去二十日書彥先訪爲驃騎司馬又云似未成巳訪難解耳敬屬司馬參軍此間復失之恨不得與周旋戴允治見訪大司馬謹啓

雲再拜君苗文天才中亦少爾然自復能作文雲唯見其登臺賦及詩頌作愁霖賦極佳頗微雲雲所如多恐故當在二人後然未究見其文見兄文輒云欲燒筆硯以爲此故不喜出之曹志苗之婦公其婦及見皆能作文頃借其釋詢二十七卷當欲百餘紙寫之不知兄盡有不李氏云雪與列韻曹便復不用人亦復云曹不可用者音自難得正謹啓

近日復案行曹公器物取其剔齒纖一箇今送以見

兄于道有古方泉其銘如此不審兄頗曾見此書種
稷不近因魯引以問秘書中謹啓
雲再拜令送君苗登臺賦爲佳手筆云復更定復勝
此不知能愈之不其人推能兄文不可言作文百餘
卷不肯出之視仲宣賦集初述征登樓前耶甚佳其
餘平平不得言情處此賢文正自欲不茂不審兄呼爾
不真玄亦云兄文當作宣輩宣得此巍巍耳愁霖喜
霽殊自委頓恐此都自易勝謹啓
雲再拜誨頌兄意乃以爲佳甚以自慰今易上韻不
知差前不不佳者願兄小爲損益令定下云靈𧙗電
揮因兄見許意遂不悟不知可作蔡氏祖德頌比不

景猷有蔡氏文四十餘卷小者六七紙大者數十紙
文章亦足爲多然其可貴者故復是常所文耳雲頓
不佳思慮脅腹如鼓夜不便眠了不可又以有意兄
不佳文章已足垂不朽不足 又多謹啓
雲再拜嵇紹周弼並處事不值免詔甚切甚念之悚
息胡光祿亡宿士可痛含郤還云滔中書散騎並缺
是其才不知何以乃右之謹啓
雲再拜頓哀思更力成歲暮賦適且畢猶未大定自
呼前後所未有是雲文之絶無又憶兄常云文後成
者恒謂之佳眞小爾恐數自後轉不如今且欲寄之
既未大定又恐此信至兄已發當因著洛謹啓

雲再拜兄前表甚有深情遠旨可耽味高文也兄文雖復自相爲作多少然無不爲高體中不快不足復以自勞役耳前集兄文爲二十卷適訖一十當黄之書不工紙又惡恨不精謹啓

陸士龍文集卷第八

陸士龍文集卷第九

晉清河内史陸　雲　士龍

啓

國起西園第表啓

西國第既成有司啓

王即位未見賓客羣臣又未講啓

輿駕比出啓

言事者啓使部曲將司馬給使覆校諸官

財用出入啓

國人兵多不法啓

國起西園第表啓　宜遵節儉制

郎中令臣雲言伏見西園大營第室雖未審節度豐
儉之制然用功甚嚴竊懼事不得濟愚臣管見輒敢
瞽言臣竊見世祖武皇帝臨朝淵嘿訓世以儉即位
二十有六載宮室臺榭[redacted]無所新崇屢發明詔厚戒
豐奢國家纂承務在遵奉而世俗凌遲家競盈溢漸
漬波蕩遂已成風雖嚴詔屢宣而後俗滋廣每觀詔
書衆庶歎息清河王昔起墓宅未及極偉時手詔追
述先帝節儉之教懇切之旨刑于四海清河王毀壞
城宅以奉詔命海內聽望咸用憮然臣慮以先帝遺
教日以凌替聖上亟勤猶未之振令與國家崇大化
追闡前蹤者實在陛下先敦素朴而後可以訓正四

方示民知禁竊謂第室之設可使儉而不陋凡在崇
麗一宜節之以制然後上厭帝心下允民望且自聞
制國之用事從節省而方於此時大造第宅又非聖
意從簡之旨臣以凡才殿下不以其駑闇特蒙援擢
將以臣能有狂夫之言可以裨補聖德臣自奉職已
來亦思竭忠効節以報所受之施是以不慮犯逆敢
陳所懷如愚臣言有可采乞垂三省
令吾以頑弱過蒙殊寵夙夜祗懼忝思先恩承風誠
以自錯厲得爾委曲省以憮然意既在儉約又欲奉
遵法憲豈忘於心國自宜有宅城內求不可得官從
右軍來牒覆此屋恐或不可久得側近官掖故於國

作宅不作觀望使如凡家法足止而已耳平量畫圖
當往相示動靜以聞
臣雲言間一日敢獻瞽言以干聞[redacted]
聽天恩未加咎責猥發明令臣伏誦聖旨奉用歎息
臣聞有國者不患宮室之不崇患在令名之不立是
以賢人之在富貴莫不畢身節欲損己挹情能保其
國家令問百世歷觀古今以約失之者寡以奢失
之者蓋衆非天下之至德孰能居豐行儉在富能貧
清儉節素自殿下家道此所以懷集四方而使兆民
賑者也世祖武皇帝富有四海貴爲天子居無離宮
之館身御家人之服先帝豈欲以此道止於治身而

已著哉國將必欲遺訓百世貽燕之孫比國殿下所宜
祗奉也昔淮南太妃當安厝臣兄比下墨機時爲郎
中令從行太妃令追稱先帝養生送終事從節儉今
宜奉用遺制不事豐厚令旨懇切言歸于約清河昔
起墓宅發手詔又還毀朝野之論于今未已竊以西
園第宅用功方嚴雖知聖德節儉有素猶復思闕愚
言以補萬一亦臣繾綣微忠昊天罔極之誠也至被
明令聖旨炳然嘉承至道奉以穪慶不勝下情謹疏
以聞

西園第既成有司啓 觀疏諫不可

郎中令臣雲臣言前啓西園第宅宜遵先帝節儉之

制不宜使至豐麗被命優隆言歸謙素臣奉以欣憙
而聞屋宇之制既自崇　竊聞當復起觀六間既非
前令之旨且臣亦竊用不安臣聞詩云昊天有成命
二后受之成王不敢康今四祖創基既垂成命哲王
繼體世崇恭儉殿下承之固宜奉不寧而自昔造第
過度民歎其勞卒士譏其過尨謗言未弭而又加以
崇後此誠不可不惜先帝背世曾未十年而儉德之
亡國爲其首此又所以慷慨酸心而不敢不盡狂夫
之諫者也按晉魏以來諸侯奢靡第室滋廣未有如
國今日之甚者也古人之戒猶云無爲福始况今猶
崇豐後作爲禍先此又臣所以寤寐憂歎忘寢與食

者也殿下誕應運期首建大國固將憲章令典貽範
萬世始基之制不可不慎今設爲豐奢以示將來子
孫象之又何以能國且先帝勤家如彼其素殿下承
之若此其泰進傷奉國之典退虧隆家之業用之當
身損盛德之譽垂之後嗣非興邦之制一舉而失四
得此古人之所以長太息者也且第宅之過朝野所
譏而監司結舌莫敢明言者實以殿下國之昵親朝
所欽重故隱司過之鋒結執憲之繩耳後世直臣將
信威明法考制度禮愚以此觀有必毀之理苟此物
不可終全誠不如不爲使其無毀也今空設過制之
物而終爲直士之資臣又未見其可也唯殿下思愚

臣之言時命有司必省此舉手懽謡伏用流汗
令中間表作含先畫圖呈啓聞數又五本林檮無他
鏤飾示無乃越法奢靡古今無匹也聞外啓作小樓
北望河東公主園宅自不爲觀故便聽之耳今行者
歎息致朝野之譏耶省奏具意勑毀之
王即位未見賓客群臣又未講啓宜饗宴通客及
引師友文學觀書問道
郎中令臣雲言聞古之君子既盛德在身又外求諸
物是以廣納俊士博[illegible]觀載籍朝夕師傅夙夜勤禮
賓友嘉客講義於前往古來今日聞于耳故知積德
廣而流芳罔極伏惟殿下天資聰叡應期挺秀聖敬

敷聞輝光日新即位已來仍遭不造大禮雖闋哀故滋有賔客無接覲之宴師友闕講誦之禮愚臣所以寤寐永歎而私懷慷慨者也愚以宜發通容之令使朝士有接見之緣又可時與師友之學披覽文籍坐而論道非學無以聞義非士無以行禮禮義既舉郡望允塞此臣下所以拭目思德音之發者也臣區區所懷敢以聞

令多喪故乃初未與群官會同比當請師友文學內外官屬也

臣雲言臣前啓可與師友文學觀書論道今又天時清適正是講誦之日臣聞崇山之高不厭其峻滄海

之量無限於廣是以周公一日萬事猶復旁觀百篇孔子假期詭年至於韋編三絶由是言之雖聖之弘亦不能不求之於學也伏惟殿下明德光邵天資秀朗方當光演文武允迪皇猷如復垂精古今之奥仰覽千載之籍則神道叡知無物不照且師友文學朝選於衆以德來教雖豐禄崇禮已隆其人而先王之道未簡聖聽在位累載官廢其職每聽其言亦懷慷慨臣以可於良日就講經學先闡大道永播芳風愚臣區區敢獻瞽言

令多病疾難以辭公事爲自力風疾遑動故未能用小差當如所陳乞每識忠至之誠輙以存心

輿駕比出啓　宜當入朝

郎中令臣雲言殿下自即第日來旣仍多哀故聖體亦恒不安和自不朝見二官已經年載前旣比造趙軹近又自表出城至五日問訊輒以疾聞臣切所未安愚以此五日輿駕宜入朝臣聞事君之道苟在盡規知無不爲是以愚臣敢獻瞽言

令多一不快不數朝覲幸恩詔見恕耳五日當入朝也

言事者啓使部曲將司馬給事覆校諸營財用出入啓　宜信君子而遠小人

郎中令臣雲言伏見令書以部曲將李咸馮南司馬吴定給事徐泰等覆校諸官市買錢帛簿率日決咸

南等治書以下無所復司而察錢帛重寶姦吏多情
出入之用誠宜使虛實當法以防檢巧僞然臣愚以
聖德龍興光有四大國選衆官材庶上肆業且以虛
薄忝竊朝右雖質弱任重無益補察至於奉已思勤
昊天罔極中尉該大農誕皆清德淑慎恪居官次至
衆官悉州闔一[redacted]牒闔之咎雖可日聞至於處義用
情庶無大戾令咸南軍旅小人定泰士卒廝賤非有
清慎素著忠公定稱令猥使此等任以覆校大臣所
關猶謂未詳咸等督察然後得信旣非開國勿用之
義又傷殿下推誠納下曠蕩之量雖使咸能盡節益
國使功利百倍至於光輔國美猶未若開懷信士之

無失況咸等所益不過姑息之利而各使小人用事
大道凌替此臣所以懍懼也亂之所興在於小人得
親治之所廢在於君子自替廢與治亂由此而已臣
備位大臣職在獻可苟有管見敢不盡規以愚宜發
明令必罷此等覆察衆士一付治書則無外之度照
光遠大信臨下人思盡節矣謹隨啓以聞

國人兵多不法啓 宜峻其防以整之

郎中令臣雲言國人兵放横多行非法至使暴及市
道聲聞京邑親信兵乃罵詈洛陽市丞遠近囂然聲
論日廣而主者前後所報每蒙寛宥故群小敢肆其
暴虐前輿駕當東時臣具以奏聞上立節度亦備嚴

上下司察念在奉宣而親信卒泰矯稱實關強市民物至使行道哀窮路人歎惋臣下祗命幸使罪人時獲僉以泰宜加重戮以戒肅方來軍都督李嬰行實姧穢然身備王人雖不致法猶加捶楚主者奏泰依嬰決罰事寢不出而特令原泰泰之凶狡罰至大辟至於今日不蒙薄罰臣切以自今群醜虎視競爲暴虐矣小人得志則下令上替前卿顯言事大農文言倨傲反成却安功名之士議在不辱而顯等恃恩敢行侮慢臣時列啓并呈顯言等事寢不省是以自來拱嘿未敢多言而切見國法日後而恩宥無已誠懼威禁遂頹醜聲滋聞愚謂自今宜齊之以法使下知

禁有司所執猶冝時聽不然以往則監司之吏鋒矩靡加而準繩替矣且忝切非據與聞國政服事以來荏苒三年朝憲多違威御無列好問不登而流聲播越皆由執政之臣官非其人常思收迹自替以避賢路退惟受遇徵報未効是以忍垢素餐敢用文諫唯殿下哀明愚臣繾綣愚忠不以前後干迕多見罪責臨紙懷慨言不自盡

陸士龍文集卷第九

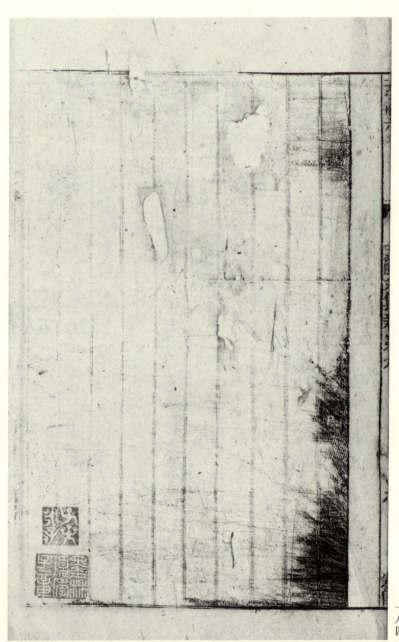

陸士龍文集卷第十

晉清河内史陸　雲　士龍

書集

與朱光祿書　與張光祿書三首
與嚴宛陵書　嚴宛陵荅
與戴季甫書七首　與楊彥明書七首
與陸典書書七首　車茂安書
荅車茂安書　車茂安又荅書
弔陳求長書五首　弔陳伯華書二首
移書太常府薦張瞻

與朱光祿書

少長之禮教化所崇中葉陵遲舊章廢替追惟前訓
思遵在昔敢慕高義謹奏下敬

與張光禄書　三首

長幼之序人倫大司季世多難失敬在昔敢希令典
求思自邁謹奏下敬以藉虔欵
顧令文彦先每宣隆眷彌泰之惠懷德惟懃守以反
側既晞仁風委心自昵加與沛君分同骨肉憑賴之
懷疑心如結
加蒙顧遇重以傾倒唯亮歸誠石行文敦素篤蒙道
實茂淑器敏既美思學又快南州良德令者東行望
風自託其意繾綣願厚接納則恩甚乃心

與嚴宛陵書

少長之序禮之大司晩節陵替舊章殘弃瞻言令典旣慕欽承仰憑高風寶副邦民謹奏下敬以藉虔欵思復未遠庶免悔吝

嚴宛陵答

奉詠美育流風綽遠復禮興仁命世之作獲尚齒之況無尊賢之報抱此永懷愧歎何有君子弘道厚文無施是用釋筆歸于神要

與戴季甫書七首

雲頓首頓首惟夏始暑顒府舘萬福疾病處遠人信希少情問闕替中間曠年瞻慕敬想輿言反側隆敦

比辱慰誨銜抱豐碁以增愚懣不勝勤企謹及君之
書不以備
陸雲頓首頓首曠遠以來忽踰年載宗想輝蔭引領
惟慕東歸之後疾患增瘵且道路悠遠不值信便夂
念自脩而經年不果雖在伏枕至於結心注望實係
光塵累蒙誨命眷眷惟新執對之日如或面展長塗
自替聽誨未由瞻企勤戀守以委重表不且今更繼情
季纔爲公世相係徂落俊德茂業邦家之彦一朝並逝
求爾淪沒哀痛切裂不能自勝柰何柰何江南初平
人物失叙當賴俊彦彌縫其闕加在二賢楚國之良
沂寶積實未章大朝重惟痛恨言增哀咽誠念仁風

篤烈如在疇昔意愛所隆嗟悼之心誠不可言備蒙
其分情兼切傷加承仁誨益以惻愴
武陵於荆州云多人士聞周孟子伍令明潘世長諸
人並爲美德心常依依今日遭遇良驥展士之秋也
不審達者凡有幾人無因聽承誨語咨稟未聞每懷
勤企表不盡言
長游前下停此十餘日想德欣喜無以爲喻分別恨
恨于今戀之當暑遠涉益追心懸清粹沈茂思敏通
微居德履道秉心真實貴一時良彦君之別久見之
懽察風姿美令心神烈暢已成美器欽愛之情欵然
至實近聞若思未有通塗每用於邑

周安東昔奄薨徂追慕切剥不能自勝勳業有究早
爾皆世遺惠鄙州民物同哀備記名義情兼切裂衣在
此會同每言高重武陵至心欸列誠念篤終必垂悽
愴季楊孝友行素既簡清塵在此接近備其所顧
居心秉尚用志不苟公私操實足爲美器今爲土斷
品還此郡前群小虛妄遂下其編牒爲之憤歎人物
遠主彝倫多失願垂末光益有以潤區區至心謹復
言意戴彦遠求昌猶爲遠小想其必有惠政耳
郭敬言蒸陽良才遠負爲之邑歎以其姿望足以致
高想不久爾耳石行文在無錫大有清積一州之高
功長吏此家行素道實州閭所稱疇昔接事既蒸長

才願重榮益以成其實九在羽埃思附鳳翼冥塵許
集無不拭目

與楊彥明書七首

雲白欽明去書不悉彥先來得書以爲慰時去苒荏歲行復半悲此推移終然何及漸巳欲熱想自如常悠悠守限良談未日眇然東望思以叙至反憒罔不多行矣愛德往來相聞

陸雲白省示累紙重存往會益以增歎年時可喜何速之甚昔年少時見五十公去此甚遠今日冉冉巳近之巳耳順之年行復爲憂歎也柯生而多悦樂春未猒秋風行戒巳悲落葉矣人道多故懽樂恒乏之敖

遊此世當復幾時各爾永隔良會每闌懷想親愛
寤寐無忘書問無所悉
彥先來相欣喜便復分别悵恨不可言階塗尚否通
路今塞令人罔然名論允進遠而有光者度此顯期
不淹民望耳塵堂之士比迹山藪栖者悲豈唯一人
少明湘公亦不成遷名公之舉且可以爲資然今恨
恨當行行復有宜耳
彥先相説疾患衛欲增廢深爲悒然行向衰蔫疾來
應百年之望雖未必此爲疑然 親親所以相卹之一
感耳想懃服藥行復向佳耳吾既常羸閒來體中亦
恒少賴曰爾匆匆財堪自力未達待罪會期難尅情

之戀戀何勞之多好自愛婁相聞
行言竟行令人恨之已當至末耶能少留不世明篤
行至性如前後所論語其偶爾旋已能悟耳而聞其
遂於懟其使愕然寧以所不可虧一國之清格乎
輙便絶意彦先所一二
載會稽如是便發分別悵然一得名士雖當有此君
耳失分重勞令人歎息善得日夕真家人若思望之
清才後類一時之彦善並得接九月中可得達東禮
衡陽長沙甚快東人近末復有見叙者公進屈久恒
爲邑罔黨方有清塗薄國讓在内中大有好稱此家
一時美德也在事又佳甚快其快

永耀已葬冥冥遠矣存想其人痛切肝懷柰何柰何

聞伯華善佳深慰存亡人生有終誰得免此且使繼

嗣克勝堂構有紹亦存亡[redacted]願也明類喪索同好日

盡如此生輩那可復多耶臨書酸心

與陸典書書七首

雲再拜自曠但爾已復經時限制長路惟親未期唫

近晨風傾匡結言來誨綢繆篤眷彌隆誦玩千周以

當侍會靜言莫瞻翹翹仰慕大人汜愛在我尤弘每

銜思戀何時去心限此省省顧言用替遙瞻靈立感

時情傷往來信理自更繼情如有信唯不玉音

雲再拜侍郎比侍數會同耶常憶戀此君不勲有殞

此君公私並慘年長而志新齒邁而曾勤家宗美者
也常感其薦分封之始年相見重達其至心
雲再拜日月運邁何一流速銜哀經變思愈深亡靈
處彼黃塘幽曠在遠之憶心常愴裂含痛靡及悠悠
柰何想時時復一省視思至心破無所厲情叔父一
兄故尚未達想不久至耳深憂從際公私哀罔曠離
山墓永適異國四時靈寂桑梓靡循且念親各爾分
析情感復結悲歎而已知大人每垂卹逮也臨表悲
猥絕筆餘哀不知所次雲再拜
每念彥先情兼剝裂年盛志美令姿可惜舉言及不
知心傷也

雲再拜國士之邦寶鍾俊哲太伯清風邈世立德龍
蜿東嶽三讓天下垂化邁迹百代所睎高蹤越於先
民盛德稱乎在昔績及延陵繼響馳聲沉淪漂流優
遊上國聽音察微智越衆俊通幽暢遐明同聖尚言
偃照烈於孔堂負武邁功於諸侯自秀偉相承明德
繼踵亦爲不少吴國初祚雄俊尤盛今日雖衰末皆
下華夏也來誨所及遐邇同懷重及二聖下逮衆子
或生羌狄或在邊域勳業大之隆寶如嘉誨愚以東國
之士進無所立退無所守明裂皆苦皆未如意雲之
歐姿志歸丘壟草門閨窬之人[redacted]睎天望之冀至於
紹季禮之遐蹤結髙肝於中夏光東州之幽味流榮

勳於朝野所謂闚管以瞻天緣木而求魚也重申不列雲再拜

雲再拜每惟大人挺自然之妙質稟淵姿之弘毅克壯其烈蕪詠之道晞文尚武潛居以娱其志靜處以育其神遊步八素之林逍遥德化之囿豈如來者牽曳璅璅世道通明俊乂在官焉使晞世之寳乂隱岑崟之山逸景之迹永蟄幽冥之坂方將車乗回綸東帛戔戔排金風於太微蹐天路以妙觀恢皇綱之大烈垂榮祚乎祖宗此乃大人之所宜循非凡夫之可企望也無因親展書以言心心之所積萬不叙一雲再拜

雲再拜臣鄉前行陵有小事唯以具聞事已大了猶以爲願行欲取歸念别方至豫以慇然每相見未嘗不以大人爲言想令仁士光令遠公然兄弟屢數常有思想想令遠分好已爲綢固彥恩復蒙誘掖耳無因親對言不盡悉屢垂誨以慰遠思雲再拜

雲再拜臣鄉在壹高譽洋溢洛邑之内無不欽敬東南之貴寶真不但會稽之篠簜也每會常共歌詠信無一面不歎吟也想方周旋携乃手散今日之思耳雲再拜

雲再拜輙宣來意仲應此家大自欽重大人黨已見其意耳

雲再拜不知從事今在州得假歸耳想令來得行有緣侍面耳每得令遠書感賴豐化言歸于欵來誨恤及亦爲無已情深欣如云在身年歲及人名問難集非賴師友何以自濟顧敦惠助爲之光輔臣仁在此華亭之望以大人爲宗主宜令小大得分亦崇洪業也雲再拜

車茂安書

永白閤因王弘季有書恠足下無荅外甥石季甫忽見使爲鄮令除書近下因令便道之職得此罔然老人及姊自聞此問三四日中了不能復食姊晝夜號泣不可忍視外甥之中老人真自愛恤季甫恒在目

下卒有此役舉家慘慼不可深言昨全伯始有一將來是句章人具說此縣既有短狐之疾又有沙蝨害人聞此消息倍益憂慮如其不行恐有節目良爲愁憒足下可具示土地之宜企望來報車永白

答車茂安書

雲白前書未報忽得來況知賢甥石季甫當屈鄮令尊堂憂灼賢姊涕泣上下愁勞舉家慘慼何可爾耶輒爲足下具說鄮縣土地之快非徒浮言華豔而已皆有實徵也縣去郡治不出三日直東而出水陸並通西有大湖廣縱千頃北有名山南有林澤東臨巨海往往無涯汜舡長驅一舉千里北接青徐東洞交

廣海物惟錯不可稱名遏長川以爲陂燔茂草以爲田火耕水種不煩人力決泄任意髙下在心舉鍤成雲下鍤成雨既浸既潤隨時代序也富無逋滯之穀民無飢乏之慮衣食常充倉庫恒實榮辱既明禮節甚備爲君甚簡爲民亦易季冬之月牧既畢嚴霜隕而蒹葭萎獺鳥祭而罻羅設因民所欲順時遊獵結罝繞堽窖罔彌山放鷹走犬弓弩亂發鳥不得飛狩不得逸真光赫之觀磐戲之至樂也若乃斷遏海浦隔截曲隈隨湖進退采蜯捕魚鱣鮪赤尾鯝齒比目不可紀名鱠鰡鰒炙䱥鯸烝石首臛鯊鰲臭東海之後味肴膳之至妙也及其蜯蛤之屬目所希見耳所不

閭品類數百難可盡言也昔秦始皇至尊至貴前臨終南退燕阿房離宮別館隨意所居況淪涇渭飲馬昆明四方奇麗天下珍玩無所不有猶以不如吴會也鄉東觀滄海遂御六軍南巡狩登稽嶽刻文石身在鄮縣三十餘日夫以帝王之尊不憚爾行季甫年少受命牧民武城之歌足以興化桑弧蓬矢丈夫之志經營四方古人所歎何足憂乎且彼吏民恭謹篤慎敬愛官長鞭朴不施聲教風靡漢吴以來臨此縣者無不遷變尊大夫賢姊上下當爲喜慶歌舞相送勿爲慮也足下急啓喻寬慰真說此意吾不虛言也

停及不一一陸雲白

車茂安又荅書

永白即日得報披省未竟懽憙踊躍輙於母前伏讀三周舉家大小豁然忘愁也足下此書足爲典誥雖山海經異物誌二京南都殆不復過也恐有其言能無其事耳雖爾猶足息號泣權抃笑也府君入後月當西出足下可豫至界上吾欲先一日與卿相見也荅不復多車永白

弔陳永長書五首

雲頓首頓首哀懷切怛賢弟永曜早喪俊德酷痛甚痛柰何陸士龍頓首頓首

雲頓首頓首天災橫洊禍害無常何啚永曜奄忽過

此凶問卒至痛心摧剥柰何柰何想念篤性哀悼切
裂當可堪言無因展告望企鯁咽財遣表言悲猥不
次雲頓首

永曜茂德遠量一時秀生奇蹤瑋寶灼爾凌群光國
隆家人士之望冀其永年遂播盛業携手退遊假樂
此世柰何一朝獨先彫落奄聞凶諱禍出不意摧心
痛楚肝懷如割柰何柰何豈况至性何可爲心臨書
鯁塞援筆傷情
與永曜相得便結願好契闊分愛恩同至親馮悉烈三
益終始所願中間離别但爾累年結想之懷夢寐仿
佛何圖忽爾便成永隔哀心慟楚不能自勝痛當柰

何柰何義在奔馳韋役萬里至心不叙東望貴舍雨
淚沾襟今遣吏并進薄祭不得臨哀追贈切裂幸損
至念書重不知所言
永曜素自強健了不知有此患險戲之災遂不可救
豈惟貴門獨喪重寶此賢之殞邦家以瘁情分異他
痛心殊深已矣遠矣可復柰何追想遺規不去心目
悠悠無期哀至悲裂不知何言可以言知酷楚而已
弔陳伯華書 二首
大君遠資高數世之瑰瑋當光裕大業茂垂勳名柰
何日朝早爾喪墜自聞凶諱痛心割裂追惟哀摧肝
心破剝痛當柰何柰何相念夙年奄嬰哀艱扱慕不

及當可爲心牽役遠路無因奔馳東望靈宇五情哽咽割切哀慕書重感猥不次

昔與大君分義欵薦彌隆之愛恩如兄弟憑此烈好要以始卒何圖大君獨先早世遠聞諱問若喪四體摧心慟楚肝心如割柰何柰何豈況至性當何可言今遣吏恭集薄祭不得臨展以叙悲苦計往人到貴舍之日揮涕而巳援筆欷歔

移書太常府薦張瞻

蓋聞在昔聖王承天御世殷薦明德恩和人神莫不崇典謨以教思興禮學以陶遠是以帝堯昭煥而道協人天西伯質文而周隆二代七哥楚皇崇配天地

區夏既混禮樂將肅君侯應歷運之會負天人之期
愽延俊茂熈隆載典伏見衛將軍舍人同郡張贍茂
德清粹器思深通初慕聖門棲心重仞啓塗及階遂
升樞奥抽靈匱於祕宮披金縢於玄夏思樂百氏愽
採其珍辭邁翰林言敷其藻探微集逸思心洞神論
道屬書篇章光覿令奇宰府婆娑公門棲靜隱寶
淪虚藏器襞裳龍錦　衣被玉曽泉跂路懸車將邁
考槃下位歲聿屢遷縉紳之士具懷慊恨方今太清
闢宇四門啓籥玄網括地天網廣羅慶雲輿以招龍
和風起而儀鳳誠巖穴耀穎之秋河津託乗之日也
而瞻況淪下位群望悼心若得端委太學錯綜先典

垂纓玉階論道紫宮誠帝室之瑰寶清朝之偉器廣
樂九奏必登昊天之庭韶夏六變必饗上帝之祀矣

陸士龍文集卷第十

宋板晉陸雲文集五冊 墨林項元汴珍秘
明萬曆二年秋八月重裝于天籟閣中